MENINO DE ENGENHO

JOSÉ LINS DO REGO

MENINO DE ENGENHO

Apresentação

João Cezar de Castro Rocha

global editora

109ª Edição, José Olympio Editora, Rio de Janeiro 2017
1ª Edição, Global Editora, São Paulo 2020
3ª Reimpressão, 2025

Jefferson L. Alves – diretor editorial
Gustavo Henrique Tuna – gerente editorial
Solange Eschipio – gerente de produção
Juliana Ferreira da Costa – coordenadora de produção editorial
Carina de Luca e Sandra Brazil – revisão
Mauricio Negro – capa e ilustração
Ana Claudia Limoli – diagramação
Maira Spilack – projeto gráfico

DADOS INTERNACIONAIS DE CATALOGAÇÃO NA PUBLICAÇÃO (CIP)
(CÂMARA BRASILEIRA DO LIVRO, SP, BRASIL)

Rego, José Lins do, 1901-1957
Menino de engenho / José Lins do Rego ; apresentação João Cezar de Castro Rocha. – 1. ed. – São Paulo : Global Editora, 2020.

ISBN 978-85-260-2492-2

1. Ficção brasileira I. Rocha, João Cezar de Castro. II. Título.

20-37107 CDD-B869.3

Índices para catálogo sistemático:

1. Ficção : Literatura brasileira B869.3

Maria Alice Ferreira – Bibliotecária – CRB-8/7964

Obra atualizada conforme o
NOVO ACORDO ORTOGRÁFICO DA LÍNGUA PORTUGUESA

global editora

Global Editora e Distribuidora Ltda.
Rua Pirapitingui, 111 – Liberdade
CEP 01508-020 – São Paulo – SP
Tel.: (11) 3277-7999
e-mail: global@globaleditora.com.br

grupoeditorialglobal.com.br
blog.grupoeditorialglobal.com.br
/globaleditora
/globaleditora
@globaleditora
/globaleditora
@globaleditora
@globaleditora

Nº de Catálogo: **4411**

Sumário

Meninos e moleques: ritos de passagem e permanências

João Cezar de Castro Rocha

Solidão ou liberdade?

Em 1932 José Lins do Rego repetiu o fenômeno de Euclides da Cunha em 1902. Isto é, com a publicação de *Os sertões*, Euclides tornou-se imediatamente reconhecido como um clássico contemporâneo; autor de um livro que nasceu póstumo – se adaptarmos a sugestiva fórmula de Friedrich Nietzsche. De igual modo, publicado com recursos próprios, *Menino de engenho* assegurou a Lins do Rego nomeada instantânea, além do Prêmio Graça Aranha. Por fim, a releitura, mais de oito décadas após a primeira edição, confirma outra afinidade decisiva: o romance de estreia do autor também anunciou um clássico contemporâneo.

O princípio do romance sublinha a força da prosa de José Lins do Rego:

> Dormia no meu quarto, quando pela manhã *me acordei* com um enorme barulho na casa toda. (grifo meu)

O inesperado uso reflexivo do pronome – *me* acordei – situa de chofre a leitora no drama existencial do menino Carlinhos. Ou seja, a solidão causada pela orfandade intempestiva: a mãe assassinada pelo pai; muito em breve, ele mesmo recolhido ao manicômio do qual nunca saiu. Há, portanto, um baixo contínuo melancólico, lançando sombras num romance marcado pelo vitalismo do dia a dia no engenho do coronel José Paulino – avô do menino, o herói de sua infância.

No capítulo 34 o emprego retorna, reiterando o motivo: "*Acordei-me*, porém, com a primeira angústia de minha vida" (grifo meu). Carlinhos antecipava a ausência de seu alumbramento de estreia: Maria Clara, a prima da cidade, um pouco mais velha, regressava ao Recife depois das férias no engenho. No capítulo 12, contudo, a origem da melancolia é traduzida com precisão. A velha Sinhazinha, célebre pela crueldade, deu a primeira coça no travesso.

> Não houve agrado que me fizesse calar. E quando a negra Luísa, passando, me disse baixinho: "Ela só faz isto porque você não tem mãe", parece que a minha dor chegou ao extremo, porque aí foi que chorei de verdade.

Lançado na orfandade aos 4 anos, a narrativa, em primeira pessoa, rememora a vida de Carlinhos no engenho do avô até completar 12 anos. Pelo avesso, o menino aprendeu a transformar a carência em liberdade. E soube como poucos desfrutá-la, especialmente na precocidade de sua iniciação erótica. Assim, em seus escassos 12 anos, Carlinhos, filho assanhado do homem, se orgulha da inesperada prova de masculinidade. Lemos no capítulo 39:

> E comecei a envaidecer-me com a minha doença. Abria as pernas, exagerando-me no andar. Era uma glória para mim essa carga de bacilos que o amor deixara pelo meu corpo imberbe. Mostravam-me às visitas masculinas como um espécime de virilidade adiantada.

No penúltimo capítulo as consequências vêm a galope: homem antes da hora, ele deve deixar o engenho, esse território do incondicionado, para ingressar na temida escola; de fato, o primeiro encontro sério de Carlinhos com os muitos superegos aos quais terá de se conformar: "Recorriam ao colégio como a uma casa de correção. [...] Em junho estaria no meu sanatório. Ia entregar aos padres e aos mestres uma alma onde a luxúria cavara galerias perigosas".

Eis o instante decisivo no universo dos engenhos, apartando de supetão "meninos" de "moleques".

Meninos e moleques

No capítulo 4 uma passagem merece destaque:

> O meu sono desta noite foi curto. De manhã me levaram para tomar leite ao pé da vaca. Era um leite de espuma, ainda morno da quentura materna. [...] *Os moleques das minhas brincadeiras* da tarde, todos ocupados, uns levando latas de leite, outros metidos com os pastoreadores no curral. Tudo aquilo para mim era uma delícia – o gado, o leite de espuma morna, o frio das cinco horas da manhã, a figura alta e solene de meu avô. (grifo meu)

Nessa descrição um tanto bucólica do despertar no engenho, na qual se encontra inclusive a evocação oblíqua da "quentura materna", emoldurada pela "figura" patriarcal e protetora, "alta e solene do avô", o cenário idílico conhece sua antípoda na menção ambígua, ao ponto da inquietude, aos "moleques das minhas brincadeiras".

E o que fazem esses moleques enquanto Carlinhos se

delicia em sua contemplação desinteressada, quase kantiana, da alvorada lá no engenho? O texto não esconde: "todos ocupados"; vale dizer, garotos, que são só garotos, e provavelmente de idade aproximada à do neto do coronel José Paulino, mas, na paisagem do engenho, são moleques plenamente inseridos no circuito do trabalho.

Trabalho pesado, pesadíssimo – claro está.

No capítulo 27 o tom bucólico, ainda que pela metade, converte-se em reconhecimento, por inteiro, da assimetria social implícita na narrativa: "Ficava brincando com eles, misturado com *os pequenos servos do meu avô*, com eles subindo nas pitombeiras e comendo jenipapo maduro, melado de terra, que encontrávamos pelo chão" (grifo meu). Trecho de leitura indigesta, pois traz à luz nada menos do que o dilema da formação social brasileira, marcada pela proximidade física, que, no entanto, nunca suprime a distância social; no fundo, parece um artifício engenhoso que colabora para a permanência das desigualdades – no engenho e sobretudo fora dele.

Em miniatura, essa cena condensa o núcleo da obra de Gilberto Freyre, numa espécie de improvável "equilíbrio de antagonismos" no plano ficcional.

Há mais.

"Os moleques das minhas brincadeiras" evocam outro personagem célebre da literatura brasileira: o escravo Prudêncio, tornado mero instrumento, por assim dizer, um brinquedo vivo do menino Brás Cubas – cruel como a velha Sinhazinha que atormentava o menino Carlinhos.

Machado de Assis, aliás, não deixou pedra sobre pedra nas *Memórias póstumas de Brás Cubas* (1880):

> Desde os cinco anos merecera eu a alcunha de "menino diabo"; e verdadeiramente não era outra coisa [...]. Prudêncio,

um *moleque de casa, era o meu cavalo de todos os dias*; punha as mãos no chão, recebia um cordel nos queixos, à guisa de freio, eu trepava-lhe ao dorso, com uma varinha na mão, fustigava-o, dava mil voltas a um e outro lado, e ele obedecia – algumas vezes gemendo – mas obedecia sem dizer palavra, ou, quando muito, um "ai, nhonhô!", ao que eu retorquia: "Cala a boca, besta!" (grifo meu)

Como sempre, Machado nos deixa sem palavras – mas é a elas que recorro.

Casa-grande & senzala

O par "menino/moleque" constitui um dos eixos do romance: a palavra "moleque" é repetida obsessivamente – talvez seja a voz dominante do texto.

No capítulo 13 esse par é enriquecido pelo surgimento surpreendente de nova oposição, que, como a carta roubada de Edgar Allan Poe, evidencia para melhor camuflar a dialética da proximidade que salvaguarda a distância:

> *Nós, os da casa-grande*, estávamos ali reunidos no mesmo medo, com aquela pobre gente do eito. E com eles bebemos o mesmo café com açúcar bruto e comemos a mesma batata-doce do velho Amâncio. E almoçamos com eles a boa carne de ceará com farofa. (grifo meu)

"Nós, os da casa-grande"? Como evitar a sensação de incômodo anacronismo diante do vocábulo? Como retirar a máscara e ainda assim preservar o espírito carnavalesco? A abertura do capítulo 22 dirime qualquer dúvida:

> Restava ainda a *senzala dos tempos do cativeiro*. Uns vinte quartos com o mesmo alpendre na frente. As negras do meu avô, mesmo depois da abolição, ficaram todas no engenho, não deixaram a "rua", como elas chamavam a senzala. E ali foram morrendo de velhas. (grifo meu)

Casa-grande & senzala: o segundo cruzamento de vozes que estrutura a narrativa memorialística de Carlinhos. O romance de José Lins do Rego antecipa aspectos do ensaio de Gilberto Freyre, lançado em 1933, ano seguinte ao aparecimento de *Menino de engenho*. Ainda no capítulo 22 os pares conceituais se reúnem; impertinentes nessa contiguidade denunciadora:

> [...] Os moleques dormiam nas redes fedorentas; o quarto todo cheirava horrivelmente a mictório. Via-se o chão úmido das urinas da noite. Mas era ali onde estávamos satisfeitos, como se ocupássemos aposentos de luxo.
>
> O interessante era que *nós, os da casa-grande*, andávamos atrás dos moleques. (grifo meu)

Ora, "nós, os da casa-grande", bem podem sentir-se em "aposentos de luxo" porque, ao fim e ao cabo, quando a noite cair, estarão em suas confortáveis camas de meninos de engenho. Envelopados por lençóis alvos e travesseiros felpudos, "nós, os da casa-grande", antes de fechar os olhos despreocupados, admiram as inúmeras gambiarras que buscam driblar as impossibilidades várias do dia a dia do eito. "Quanta criatividade!", se divertem, antes de ceder ao sono justo dos herdeiros.

No capítulo 32 o caráter assimétrico das relações contamina a própria natureza. Trata-se de trecho inquietante:

> Cachorrinhos com barriga partindo, de magros, acompanhavam seus donos para a *servidão*. Rondavam pelos cajueiros, perseguindo os preás. Porém não pisavam no *terreiro da casa-grande*. Os *cachorros gordos do engenho* não davam trégua aos seus infelizes irmãos da pobreza. (grifos meus)

O próspero engenho do coronel José Paulino metamorfoseia palmeiras em palmares, na terceira, e agora brutal, encruzilhada de oposições: "cachorros gordos" e "cachorrinhos magros".

A leitura-colagem dessas passagens permite renovar a leitura do romance de estreia do José Lins Rego. Sua estrutura profunda implica uma crítica corrosiva à dialética que forjou a sociedade brasileira, preservando as desigualdades precisamente pelo culto de uma proximidade que mantém na rédea curta a distância entre "cachorros gordos" e "cachorrinhos magros", "meninos" e "moleques", "casa-grande" e "senzala".

José Lins do Rego e Gilberto Freyre foram amigos diletos e cúmplices intelectuais. Como vimos, o romancista estreou em 1932, com *Menino de engenho*; Freyre, no ano seguinte, apresentou *Casa-grande & senzala*. Podemos imaginar que a escrita dos dois livros tenha coincidido em algum momento. Nesse sentido, a interseção de temas e mesmo de termos deixa de ser uma surpresa, consistindo antes em explorações simultâneas de material afim, embora a partir de perspectivas diversas e de gêneros específicos de escrita.

Vejamos.

Dois livros centrais de Gilberto Freyre, *Casa-grande & senzala* (1933) e *Sobrados e mucambos* (1936) estabelecem um vínculo claro com o ciclo inicial da obra de José Lins do Rego.

A consulta dos subtítulos evidencia o elo: "Formação da família brasileira sob o regime de economia patriarcal" e "Decadência do patriarcado rural e desenvolvimento do urbano". Ora, em seus cinco primeiros romances, Lins do Rego tanto reconstruiu o universo patriarcal – especialmente em *Menino de engenho* (1932) – quanto estudou sua decadência – sobretudo em *Usina* (1936), e também *Fogo morto* (1943); aliás, vislumbrada em *Menino de engenho* na figura decadente do coronel Lula de Holanda.

Tudo se passa como se o romancista e o antropólogo concebessem suas obras por meio de um diálogo inédito na literatura brasileira: um autêntico corpo a corpo entre literatura e ciências sociais.

Eis, contudo, a força da ficção como pensamento sem peias conceituais, tampouco amarras teóricas. Na obra de Lins do Rego não pode haver dúvida, o "equilíbrio de antagonismos" se converte na distância social definida precisamente pela proximidade física: puro obstáculo *e* puro desarme.

Eis o paradoxo do país que por isso mesmo não formou uma nação. O título do romance, finalmente, perde toda ingenuidade.

Menino de engenho – nunca moleque.

(E muito menos: *Meninos & Moleques*.)

MENINO DE ENGENHO

A José Américo de Almeida, Jorge de Lima,
Gilberto Freyre e Olívio Montenegro

1

Eu tinha uns quatro anos no dia em que minha mãe morreu. Dormia no meu quarto, quando pela manhã me acordei com um enorme barulho na casa toda. Eram gritos e gente correndo para todos os cantos. O quarto de dormir de meu pai estava cheio de pessoas que eu não conhecia. Corri para lá, e vi minha mãe estendida no chão e meu pai caído em cima dela como um louco. A gente toda que estava ali olhava para o quadro como se estivesse em um espetáculo. Vi então que minha mãe estava toda banhada em sangue, e corri para beijá-la, quando me pegaram pelo braço com força. Chorei, fiz o possível para livrar-me. Mas não me deixaram fazer nada. Um homem que chegou com uns soldados mandou então que todos saíssem, que só podia ficar ali a polícia e mais ninguém.

Levaram-me para o fundo de casa, onde os comentários sobre o fato eram os mais variados. O criado, pálido, contava que ainda dormia quando ouvira uns tiros no primeiro andar. E, correndo para cima, vira o meu pai com o revólver na mão e minha mãe ensanguentada. "O doutor matou a dona Clarisse!" Por quê? Ninguém sabia compreender.

O que eu sentia era uma vontade desesperada de ir para junto de meus pais, de abraçar e beijar minha mãe. Mas a porta do quarto estava fechada, e o homem sério que entrara não permitia que ninguém se aproximasse dali. O criado e a ama, diziam, estavam lá dentro em interrogatório. O que se passou depois não me ficou bem na memória.

À tarde o criado leu para a gente da cozinha os jornais com os retratos grandes de minha mãe e de meu pai. Ouvi aquilo como se fosse uma história de Trancoso. Pareciam-me tão longe, já, os fatos da manhã, que aquela narrativa me interessava como se não fossem os meus pais os protagonistas. Mas logo que vi na página de um dos jornais a minha mãe estendida, com os cabelos soltos e a boca aberta, caí num choro convulso. Levaram-me então para a praça que ficava perto de minha casa. Lá estavam outros meninos do meu tamanho, e eu brinquei com eles a tarde toda. As criadas é que conversavam muito sobre o meu pai e a minha mãe, contando umas às outras coisas a que eu não prestava atenção, pois no que eu cuidava era nos meus brinquedos com os amigos.

Na hora de dormir foi que senti de verdade a ausência de minha mãe. A casa vazia e o quarto dela fechado. Um soldado ficara tomando conta de tudo. As criadas de perto queriam vir conversar por ali. O soldado não consentia. Botaram-me para dormir sozinho. E o sono demorou a chegar. Fechava os olhos, mas me faltava qualquer coisa. Pela minha cabeça passavam, às pressas e truncados, os sucessos do dia. Então comecei a chorar baixinho para os travesseiros, um choro abafado de quem tivesse medo de chorar.

2

Ainda me lembro de meu pai. Era um homem alto e bonito, com uns olhos grandes e um bigode preto. Sempre que estava comigo, era a me beijar, a me contar histórias, a me fazer os gostos. Tudo dele era para mim. Eu mexia nos seus livros, sujava as suas roupas, e meu pai não se importava. Às vezes, porém, ele entrava em casa calado. Sentava-se numa cadeira ou passeava pelo corredor com as mãos para trás, e discutia muito com minha mãe. Gritava, dizia tanta coisa, ficava com uma cara de raiva que me fazia medo. E minha mãe saía para o quarto aos soluços. Eu não sabia compreender o porquê de toda aquela discussão. Sei que, com um pouco mais, lá estava ele com a minha mãe aos beijos. E o resto da noite, até ir me deitar, era só com ela que ele estava, com os olhos vermelhos de ter chorado também.

Eu o amava porque o que eu queria fazer, ele consentia, e brincava comigo no chão como um menino de minha idade. Depois é que vim a saber muita coisa a seu respeito: que era um temperamento excitado, um nervoso, para quem a vida só tivera o seu lado amargo. A sua história, que mais tarde conheci, era a de um arrebatado pelas paixões, a de um coração sensível demais às suas mágoas. Coitado de meu pai! Parece que o vejo quando saía de casa com os soldados, no dia de seu crime. Que ar de desespero ele levava, no rosto de moço! E o abraço doloroso que me deu nessa ocasião! Vim a compreender, com o tempo, porque se deixara levar ao desespero. O amor que tinha pela esposa era o amor de um louco. O seu lugar não era no presídio para onde o levaram. O meu pobre pai, dez anos depois, morria na casa de saúde, liquidado por uma paralisia geral.

3

Todos os retratos que tenho de minha mãe não me dão nunca a verdadeira fisionomia que eu guardo dela – a doce fisionomia daquele seu rosto, daquela melancólica beleza de seu olhar. Ela passava o dia inteiro comigo. Era pequena e tinha os cabelos pretos. Junto dela eu não sentia necessidade dos meus brinquedos. Dona Clarisse, como lhe chamavam os criados, parecia mesmo uma figura de estampa. Falava para todos com um tom de voz de quem pedisse um favor, mansa e terna como uma menina de internato. Criara-se em colégio de freiras, sem mãe, pois o pai ficara viúvo quando ela ainda não falava. Filha de senhor de engenho, parecia mais, pelo que me contavam dos seus modos, uma dama nascida para a reclusão.

À noite ela me fazia dormir. Adormecer nos seus braços, ouvindo a surdina daquela voz, era o meu requinte de sibarita pequeno.

Ela me enchia de carícias. E quando o meu pai chegava nas suas crises, exasperado como um pé de vento, eu a via chorar e pronta a esquecer todas as intemperanças verbais do seu marido. Os criados amavam-na. Ela também os tratava com uma bondade que não conhecia mau humor.

Horas inteiras eu fico a pintar o retrato dessa mãe angélica, com as cores que tiro da imaginação, e vejo-a assim, ainda tomando conta de mim, dando-me banhos e me vestindo. A minha memória ainda guarda detalhes bem vivos que o tempo não conseguiu destruir.

O seu destino fora cruel: morrer como morreu, vítima de um excesso de cólera do homem que tanto amara; e depois, ela, cheia de pudor e de recato, a encher as folhas de sensação com o seu retrato, com histórias mentirosas de sua vida íntima.

A morte de minha mãe me encheu a vida inteira de uma melancolia desesperada. Por que teria sido com ela tão injusto o destino, injusto com uma criatura em que tudo era tão puro? Esta força arbitrária do destino ia fazer de mim um menino meio cético, meio atormentado de visões ruins.

4

Três dias depois da tragédia levaram-me para o engenho do meu avô materno. Eu ia ficar ali morando com ele. Um mundo novo se abrira para mim. Lembro-me da viagem de trem e de uns homens que iam conosco no mesmo carro. O tio Juca, que me fora buscar, contava a história, afirmando que o meu pai estava doido. Todos olhavam para mim com um grande pesar.

— Eu avalio como não está o coronel Cazuza – dizia um deles. — Naquela idade, a sofrer destas coisas!

Compreendi que falavam do meu avô.

— Um homem de bem como ele, e tão infeliz com a família!

O meu tio Juca ficava calado. E a conversa mudava para o inverno, que corria bem, para os partidos de cana. E depois, para a política.

O trem era para mim uma novidade. Eu ficava na janelinha do vagão a olhar os matos correndo, os postes do telégrafo, e os fios baixando e subindo. Quando chegava numa estação, ainda mais se aguçava a minha curiosidade. Passavam meninos com roletes de cana e bolos de goma, e uma gente apressada a dar e a receber recados. E uma porção de pobres a receber esmolas. Uma mulher chegou-se para mim, e toda cheia de brandura:

— Que menino bonitinho! Onde está a sua mãe, meu filho?

Tive medo da velha. E a saudade de minha mãe me fez chorar. A pobre saiu espantada, dizendo para os outros que eu a tinha estranhado. O meu tio levou-me para beber qualquer coisa. E a viagem continuou a me divertir como dantes.

— Agora vamos saltar – disse-me ele.

E na primeira parada deixamos o trem, com grande saudade para mim. Na estação estava um pretinho com um cavalo, trazendo umas esporas, um rebenque e um pano branco. O meu tio estendeu o pano branco na anca do animal, montou, e o pretinho me sacudiu para a garupa. Era o meu primeiro ensaio de equitação.

— O engenho fica ali perto.

Eu ia reparando em tudo, achando tudo novo e bonito. A estação ficava perto de um açude coberto de uma camada espessa de verdura. Os matos estavam todos verdes, e o caminho cheio de lama e de poças d'água. Pela estrada estreita por onde nós íamos, de vez em quando atravessava boi. O meu tio me dizia que tudo aquilo era do meu avô. E com pouco mais avistava-se uma casa branca e um bueiro grande.

— É ali o engenho, mas nós temos que andar um bocado.

A minha mãe sempre me falava do engenho como de um recanto do céu. E uma negra, que ela trouxera para criada, contava tantas histórias de lá, das moagens, dos banhos de rio, das frutas e dos brinquedos, que me acostumei a imaginar o engenho como qualquer coisa de um conto de fadas, de um reino fabuloso.

Quando cheguei, com o meu tio Juca, no pátio da casa-grande, o alpendre estava cheio de gente. Desapeamos, e uma moça muito parecida com a minha mãe foi logo me abraçando e me beijando. Sentado em uma cadeira, perto de um banco, estava um velho a quem me levaram para receber a bênção. Era o meu avô.

Uma porção de moleques me olhavam admirados. E andei de mão em mão, olhado e examinado da cabeça aos pés. Levaram-me para a cozinha. As negras queriam ver o filho de dona Clarisse. Foi uma festa na casa.

— Vai mostrar o menino à tia Galdina!

E me conduziram para um quarto na dependência da casa-grande. Era uma camarinha escura, com cheiro de coisa abafada. Lá dentro estava uma negra velha deitada.

— Tia Galdina, olhe aqui o menino de dona Clarisse. Chegou com doutor Juca, de Recife.

A velha me chamou para perto da cama, me olhou de pertinho como um míope que quisesse ler com atenção, e caiu num choro agoniado.

— É a cara da mãe, meu Deus!

Saí chorando do quarto da velha. A moça que se parecia com a minha mãe, e que era a sua irmã mais nova, me levou para mudar a roupa.

— Agora vou ser a sua mãe. Você vai gostar de mim. Vamos, não chore. Seja homem.

E me abraçou, e me beijou, com uma ternura que me fez lembrar os beijos e os abraços de minha mãe. Da minha maleta tirou um pijama e me vestiu, me penteou os cabelos assanhados.

— Vá brincar com os moleques no copiá.

Os moleques estavam me esperando mas não se aproximavam de mim. Desconfiados, eles olhavam para o meu pijama, para os meus alamares, encantados, talvez, com a minha pompa. Porém aos poucos foram se chegando, que pela tarde já estavam de intimidade. E fomos à horta para tirar goiabas e jambos. O que chamavam de horta era um grande pomar. Muito de minha infância eu iria viver por ali, por debaixo daquelas laranjeiras e jaqueiras gordonas.

O meu sono desta noite foi curto. De manhã me levaram para tomar leite ao pé da vaca. Era um leite de espuma, ainda morno da quentura materna. O meu avô andava vestido num grande e grosso sobretudo de lã, falando com uns, dando ordens a outros. Uma névoa como fumaça cobria os matos que ficavam nos altos. Os moleques das minhas brincadeiras da tarde, todos ocupados, uns levando latas de leite, outros metidos com os pastoreadores no curral. Tudo aquilo para mim era uma delícia – o gado, o leite de espuma morna, o frio das cinco horas da manhã, a figura alta e solene de meu avô.

Tio Juca me levou para tomar banho no rio. Com uma toalha no pescoço e um copo grande na mão, chamou-me para o banho.

— Você precisa ficar matuto.

Descemos uma ladeira para o Paraíba, que corria num pequeno fio d'água pelo areal branco e extenso.

— Vamos para o Poço das Pedras.

Pouco mais adiante, debaixo de um marizeiro, de copa arrastando no chão, lá estava uma destas piscinas que o curso e a correnteza do rio cavavam nas suas margens. E foi aí, com meu tio Juca, que bebeu, antes de seu banho, um copo cheio de remédio para o sangue, dormido no sereno, que entrei em relação íntima com o engenho de meu avô. A água fria de poço, naquela hora, deixou-me o corpo tremendo. Meu tio então começou a me sacudir para o fundo, me ensinando a nadar.

Daquele banho ainda hoje guardo uma lembrança à flor da pele. De fato que para mim, que me criara nos banhos de chuvisco, aquela piscina cercada de mata verde, sombreada por uma vegetação ramalhuda, só poderia ser uma coisa do outro mundo.

Na volta, o tio Juca veio dizendo, rindo-se:

— Agora você já está batizado.

Quando chegamos em casa, o café estava pronto. Na grande sala de jantar estendia-se uma mesa comprida, com muita gente sentada para a refeição. O meu avô ficava do lado direito e a minha tia Maria na cabeceira. Tudo o que era para se comer estava à vista: cuscuz, milho cozido, angu, macaxeira, requeijão. Não era, porém, somente a gente da família que ali se via. Outros homens, de aspecto humilde, ficavam na outra extremidade, comendo calados. Depois seriam eles os meus bons amigos. Eram os oficiais carpinas e pedreiros, que também se serviam com o senhor de engenho, nessa boa e humana camaradagem do repasto.

5

Eu tinha sido criado num primeiro andar. Todo o meu conhecimento do campo fizera nuns passeios de bonde a Dois Irmãos.

E era com olhos de deslumbrado que olhava então aqueles sítios, aquelas mangueiras e os meninos que via brincando por ali. As divergências de meu pai com meu avô nunca permitiram à minha mãe fazer uma temporada no engenho. Minha imaginação vivia assim a criar esse mundo maravilhoso que eu não conhecia. Sempre que perguntava a minha mãe por que não me levava para o engenho, ela se desculpava com o emprego de meu pai. Daí a impressão extraordinária que me iam causando os mais insignificantes aspectos de tudo o que estava vendo.

Depois do café mandaram-me para o engenho, que estava nos fins da moagem. Eram uns restos de cana que aproveitavam.

— Quase que você não pega o engenho safrejando – me disse o tio Juca.

Ficava a fábrica bem perto da casa-grande. Um enorme edifício de telhado baixo, com quatro biqueiras e um bueiro branco, a boca cortada em diagonal. Não sei por que os meninos gostam tanto das máquinas. Minha atenção inteira foi para o mecanismo do engenho. Não reparei mais em nada. Voltei-me inteiro para a máquina, para as duas bolas giratórias do regulador. Depois comecei a ver os picadeiros atulhados de feixes de cana, o pessoal da casa de caldeiras. Tio Juca começou a me mostrar como se fazia o açúcar. O mestre Cândido com uma cuia de água de cal deitando nas tachas e as tachas fervendo, o cocho com o caldo frio e uma fumaça cheirosa entrando pela boca da gente.

— É aqui onde se cozinha o açúcar. Vamos agora para a casa de purgar.

Dois homens levavam caçambas com mel batido para as formas estendidas em andaimes com furos. Ali mandava o purgador, um preto, com as mãos metidas na lama suja que cobria a boca das formas. Meu tio explicava como aquele barro preto fazia o açúcar branco. E os tanques de mel de furo, com sapos ressequidos por cima de uma borra amarela, me deixaram uma impressão de nojo.

Andamos depois pela boca da fornalha, pela bagaceira coberta de um bagaço ainda úmido. Mas o que mais me interessava ali era o maquinismo, o movimento ronceiro da roda grande, e a agitação febril das duas bolas do regulador.

Quando vieram me chamar para o almoço, ainda me

encontraram encantado diante da roda preguiçosa, que mal se arrastava, e as duas bolas alvoroçadas, que não queriam parar.

6

Com uns dias mais eu já estava senhor de minha vida nova. Tinham chegado para passar tempo no engenho uns meus primos, mais velhos do que eu: dois meninos e uma menina. Agora não era só com os moleques que me acharia. Meus dois primos, bem afoitos, sabiam nadar, montar a cavalo no osso, comiam tudo e nada lhes fazia mal. Com eles eu fui aos banhos proibidos, os de meio-dia, com a água do poço escaldando. E então nós ficávamos com a cabeça no sol, enxugando os cabelos, para que ninguém percebesse nossas violações.

— Você está um negro – me disse tia Maria. — Chegou tão alvo, e nem parece gente branca. Isto faz mal. Os meninos de Emília já estão acostumados, você não. De manhã à noite, de pés no chão, solto como um bicho. Seu avô ontem me falou nisto. Você é um menino bonzinho, não vá atrás destes moleques para toda parte. As febres estão dando por aí. O filho do seu Fausto, no Pilar, há mais de um mês que está de cama. Para a semana vou começar a lhe ensinar as letras.

Mas os primos não paravam. De manhã íamos com os moleques lavar os cavalos, e aí passávamos horas inteiras dentro d'água.

Galinha gorda,
gorda é ela;
vamos comê-la,
vamos a ela.

E sacudiam a pedra dentro do poço, mergulhando para pegá-la no fundo. Espanavam a água com os cangapés ruidosos, e saía sempre gente chorando, com enredos para casa. O dia todo passávamos assim, nessa agitação medonha.

7

A minha tia Sinhazinha era uma velha de uns sessenta anos. Irmã de minha avó, ela morava há longo tempo com o seu cunhado. Casada com um dos homens mais ricos daqueles arredores, o doutor Quincas, do Salgadinho, vivia separada do marido desde os começos do matrimônio. Era um temperamento esquisito e turbulento. Contava-se que um dia amanhecera num engenho de seu pai, amarrada num carro de boi, com uma carta do marido fazendo voltar ao sogro a sua filha.

Era ela quem tomava conta da casa do meu avô, mas com um despotismo sem entranhas. Com ela estavam as chaves da despensa, e era ela quem mandava as negras no serviço doméstico. Em tudo isso, como um tirano. Meu avô, que não se casara em segundas núpcias, tinha, no entanto, esta madrasta dentro de casa.

Logo que a vi pela primeira vez, com aquele rosto enrugado e aquela voz áspera, senti que qualquer coisa de ruim se aproximava de mim. Esta velha seria o tormento da minha meninice. Minha tia Maria, um anjo junto daquele demônio, não tinha poderes para resistir às suas forças e aos seus caprichos. As pobres negras e os moleques sofriam dessa criatura uma servidão dura e cruel. Ela criava sempre uma negrinha, que dormia aos pés de sua cama, para judiar, para satisfazer os seus prazeres brutais. Vivia a resmungar, a encontrar malfeitos, poeira nos móveis, furtos em coisas da despensa, para pretexto de suas pancadas nas crias da casa.

As negras odiavam-na. Os meus primos corriam dela como de um castigo. E quando saía para a casa de uma filha, na cidade, era como se um povo tivesse perdido o seu verdugo. Minha tia Maria assumia a direção da casa – e todos iam conhecer a mansidão e a paz de uma regência de fada. Depois que vim a saber as histórias de rainhas cruéis, as intrigas perversas das Anas Bolenas, acreditava em tudo, porque me lembrava da tia Sinhazinha.

8

Magrinha e branca, a prima Lili parecia mais de cera, de tão pálida. Tinha a minha idade e uns olhos azuis e uns cabelos louros até o pescoço. Sempre recolhida e calada, nunca estava conosco nas brincadeiras.

— Esta menina não se cria – diziam as negras.

Na verdade, a prima Lili parecia mais um anjo do que gente. Qualquer coisa era motivo para um choro que não acabava mais. Comigo ela sempre se abria. Eu lhe era menos agressivo que os irmãos. E juntos nós estávamos com a tia Maria, e nos cuidados e nos dengues de nossa amiga nos encontrávamos de quando em vez. Lili não ia ao sol, vivia o dia todo calçada. Tudo lhe fazia mal: o chuvisco, o mormaço, o sereno. E só vivia nos remédios.

Não sei por que, fui criando a esta criaturinha uma amizade constante. Gostava de ficar com ela, na companhia de suas bonecas. E um preá-da-índia que me deram, eu lhe ofereci de presente. Também era tão terna comigo!

Um dia amanheceu vomitando preto e com febre. Entrei no quarto onde ela estava, mais branca ainda, e a encontrei muito triste, ainda mais magrinha. Suas bonecas andavam por cima da cama como se fossem as suas amigas em despedidas.

Os olhinhos azuis se demoraram em cima de mim, parece que me pedindo alguma coisa. Era talvez para que eu ficasse com ela mais tempo. Mas levaram-me do quarto.

No outro dia, quando me acordei, a minha priminha tinha morrido. Lembro-me do seu caixão branquinho, cheio de rosas, e da tia Maria chorando o dia inteiro.

Ainda hoje, quando encontro enterro de crianças, é pela minha prima Lili que me chegam lágrimas aos olhos.

9

Com a morte de Lili, tia Maria ficou toda em cuidados comigo. Proibiu-me da liberdade que eu andava gozando como um libertino. Passava o dia a me ensinar as letras. Os meus primos, esses, ninguém podia com eles.

Ficava eu horas a fio sentado na sala de costura, com a carta de á-bê-cê na mão, enquanto por fora de casa ouvia o rumor da vida que não me deixavam levar. Era para mim, esta prisão, um martírio bem difícil de vencer. Os meus ouvidos e os meus olhos só sabiam ouvir e ver o que andava pelo terreiro. E as letras não me entravam na cabeça.

— Nunca vi um menino tão rude – dizia asperamente a velha Sinhazinha.

Tia Maria, porém, não desanimava, continuando com afinco a martelar a minha desatenção.

As conversas das costureiras começavam então a me prender. Elas trabalhavam numa palestra que não parava. Falavam sempre de outros engenhos, onde estiveram no mesmo serviço, contando das intimidades das famílias.

— No Santarém ninguém come – dizia uma —, é bacalhau no almoço e no jantar.

A outra contava que o senhor de engenho do Poço Fundo tinha mais de vinte mulheres. Esta conversa me tomava inteiramente, e as letras, que a solicitude de minha tia procurava enfiar pela minha cabeça, não tinham jeito de vencer tal aversão. O que eu queria era a liberdade de meus primos, agora que as arribaçãs, com a seca do sertão, estavam descendo em revoada para os bebedouros.

Chamavam de arribaçãs as rolas sertanejas que desciam, batidas pela seca, para o litoral. Vinham em bando como uma nuvem, muito no alto, a espreitar um poço de água para a sede de seus dias de travessia. E quando o avistavam, faziam a aterrissagem em magote, escurecendo a areia branca do rio. Nós ficávamos de espreita, de cacete na mão, para o massacre. E a sede das pobres rolas era tal que elas nem davam pelos nossos intuitos. Matávamos a cacetadas, como se elas não tivessem asas para voar. A seca comera-lhes o instinto natural de defesa. Depois, no colégio, quando no *Gênio do cristianismo*, eu lia uns versos falando dos pássaros da Bretanha, que fugiam do inverno de sua pátria, vinha-me a saudade das pobres rolas sertanejas que trucidávamos.

10

Uma tarde, chegou um portador num cavalo cansado de tanto correr, com um bilhete para o meu avô. Era um recado do coronel Anísio, de Cana Brava, prevenindo que Antônio Silvino naquela noite estaria entre nós. A casa toda ficou debaixo do pavor.

O nome do cangaceiro era bastante para mudar o tom de uma conversa. Falava-se dele baixinho, em cochicho, como se o vento pudesse levar as palavras.

Para os meninos, a presença de Antônio Silvino era como se fosse a de um rei das nossas histórias, que nos marcasse uma visita. Um dos nossos brinquedos mais preferidos era até o de fingirmos de bando de cangaceiros, com espadas de pau e cacetes no ombro, e o mais forte dos nossos fazendo de Antônio Silvino.

Naquela noite íamos tê-lo em carne e osso. Meu avô é que era o mesmo. Aquele seu ar de tranquilidade poucas vezes eu via alterar-se. A velha Sinhazinha para dentro e para fora, nas suas ordens para o jantar, gritando para os negros e os moleques com a mesma arrogância incontentável. Tia Maria ficava no seu quarto a rezar. Tinha muito medo dessa gente que vivia no crime. Quando me viu a seu lado, abraçou-me, chorando.

Não havia, porém, perigo de espécie alguma. Antônio Silvino vinha ao engenho em visita de cortesia. Um ano antes ele estivera na vila de Pilar noutro caráter. Fora ali para receber o pagamento de uma nota falsa que o coronel Napoleão lhe passara. E não encontrando o velho, vingara-se nos seus bens com uma fúria de vendaval. Sacudiu para a rua tudo o que era da loja, e quando não teve mais nada a desperdiçar, jogou do sobrado abaixo uma barrica de dinheiro para o povo. Mas com meu avô, o bandido não tinha rixa alguma. Naquela noite viria fazer a sua primeira visita.

À noitinha chegava o bando à porta da casa-grande. Vinha Antônio Silvino na frente; os seus doze homens a distância. Subiu a calçada como um chefe, apertou a mão do meu avô com um sorriso na boca. Levado para a sala de visitas, os cabras ficaram enfileirados na banda de fora, numa ordem de colegiais. Só ele tomava intimidade com os de casa. Ficávamos nós, meninos, numa admiração de olhos compridos para o nosso herói, para o seu punhal enorme, os seus dedos cheios de anéis de ouro e a medalha com pedras de brilhante que trazia no peito. O seu rifle pequeno, não o deixava, trazendo-o entre os joelhos.

À hora do jantar foram todos para a mesa. Ele na cabeceira, e os cabras em ordem, todos calados, como se estivessem com medo. Só ele falava, contava histórias – o último cerco que os *macacos* lhe deram em Cachoeira de Cebola – numa fala de tátaro, querendo fazer-se de muito engraçado.

Alta noite foi-se com o seu bando. Para mim tinha perdido um bocado do prestígio. Eu o fazia outro, arrogante e impetuoso, e aquela fala bamba viera desmanchar em mim a figura de herói.

No outro dia o meu primo Silvino nos contou que tinha se lembrado de dizer ao cangaceiro que a tia Sinhazinha não gostava dele. É que nos falavam sempre de uma velha que Antônio Silvino fizera dançar nua, dando umbigadas num pé de cardeiro, por motivo semelhante. Se isto tivesse acontecido com a velha Sinhazinha, os moleques, as negras e os meninos do Santa Rosa teriam dormido uma noite de grande.

11

— VAMOS HOJE AO sítio do seu Lucino – disse-me tia Maria.

E de tarde saímos para esse passeio. Íamos a pé. Os meninos na frente, a correr, e a tia Maria, uma negra e as duas costureiras atrás, conversando. Pela estrada encontrávamos de quando em vez gente a cavalo que vinha da feira de São Miguel. Traziam as cargas vazias, os caçuás emborcados e o quilo de carne dependurado na cangalha. Também mulheres a pé, de chinelas batendo no calcanhar e flor na cabeça. Os moleques informavam que eram as raparigas do Pilar que iam fazer a feira em São Miguel. Mas eu reparava que elas não traziam quilos de carne: vinham com as mãos limpas, abanando. Essa gente toda conversava: os de cavalo com os que iam a pé. Mais adiante encontramos o negro Zé Passarinho, bêbado, no seu costume de sempre. E um peso de carne, melado de terra, ao ombro, num cacete. Os moleques caíam em cima do pobre com pancadas, a que ele respondia descompondo.

Pela estrada, toda sombreada de cajazeiras, recendia um cheiro ácido de cajá maduro. Nós íamos colhendo cabrinhas amarelas e arrebenta-bois vermelhos que não comíamos porque matavam gente.

Depois a cerca de arame se abria num terreiro que dava para uma casa de telha, com parede de barro escuro. Um menino nu que estava na porta correu assombrado para dentro de casa. Umas mulheres apareceram.

— São os meninos do engenho.

Saíram para nos ver, quando avistaram a tia Maria na estrada. Foi uma festa de exclamações:

— Entre, Maria Menina, entre. Como vão todos de lá? Como está gorda, benza-a Deus!

E botaram tamboretes na porta, numa alegria saudável de quem estivesse em casa com uma princesa. Tia Maria conversava com elas sem bondade, perguntando pelos seus porcos, que elas criavam de meia, comendo umas goiabas de vez que lhe foram buscar.

— Maria Menina, cadê o menino de dona Clarisse?

Minha tia me chamou, e elas me fizeram todos os agrados, com aquelas mesmas exclamações:

— É a cara da mãe!

Foram me dando goiabas e limas-de-umbigo.

Os primos já estavam no sítio sacudindo pedras nas fruteiras. Atrás da casa ficava uma meia dúzia de laranjeiras e goiabeiras e um pé enorme de jenipapo. Num jirau, umas panelas velhas com craveiros brotando e bogaris pelas biqueiras florindo. E uns leirões de coentro cercados de faxina, porque as galinhas e os porcos se criavam soltos, entrando por dentro de casa, como gente. Na cozinha, uma trempe de ferro com fogo aceso e um pote com água barrenta do rio, que bebiam.

Dois meninos com medo correram para outra casa de perto. Depois foram se chegando para nós, desconfiados como cabritos, sujos e de barriga grande. Mas, quando o meu primo quis um jenipapo maduro, um deles trepou pelo pé de pau numa ligeireza de macaco.

A tia Maria ainda conversava no terreiro com as meninas de seu Lucino, como o povo chamava aquelas três velhas solteiras. Agora era de doenças que elas se queixavam, perguntando quando viria ao engenho o doutor, para se receitarem. A tia Maria prometia remédios, e contava a visita de Antônio

Silvino para as velhas, que cortavam a conversa com um "Pai do Céu" e uma "Nossa Senhora" de vez em quando.

À tardinha voltamos para casa.

A estrada escurecia com as sombras da noite. Ainda restavam pelas folhas das canas os últimos raios de sol do dia. E os moleques começavam a falar em mal-assombrados. Bem juntos de tia Maria, quietos e calados, com medo de almas do outro mundo, íamos fazendo o retorno de nossa viagem.

12

A VELHA SINHAZINHA NÃO gostava de ninguém. Tinha umas preferências temporárias por certas pessoas a quem passava a fazer gentilezas com presentes e generosidades. Isto somente para fazer raiva aos outros. Depois mudava. E vivia assim, de uns para outros, sem que ninguém gostasse dela e sem gostar direito de ninguém. De mim nunca se aproximou. E eu mesmo fugia, sempre que podia, de sua proximidade. Mas a propósito de nada, lá vinha com beliscões e cocorotes. Trancava na despensa as frutas, andava com a chave do guarda-comidas no cós da saia, para contrariar as nossas gulodices e fazer raiva à gente grande da casa. A tia Maria roubava para a gente os sapotis e as mangas que a velha deixava em montão apodrecer.

O meu ódio a ela crescia dia a dia. Numa ocasião, jogando pião na calçada, o brinquedo foi cair em cima do seu pé. A velha levantou-se com uma fúria para cima de mim, e com o seu chinelo de couro encheu-me o corpo de palmadas terríveis. Bateu-me como se desse num cachorro, trincando os dentes de raiva. E se não fosse a tia Maria que me acudisse, ela teria me despedaçado. Eu nunca tinha apanhado. Minha mãe quando queria me repreender por um malfeito, punha-me de castigo em pé ou sentado num lugar. Esta surra fora a primeira da minha vida. Chorei como um desenganado a tarde inteira, mais de vergonha que pelas pancadas. Não houve agrado que me fizesse calar. E quando a negra Luísa, passando, me disse baixinho: "Ela só faz isto porque você não tem mãe", parece que a minha dor chegou ao extremo, porque aí foi que chorei de verdade.

Na hora da ceia não quis ir para a mesa. Ouvi então minha tia Maria dizendo indignada:

— Num menino daquele não se dá! É tão sentido!

E a velha Sinhazinha, replicando que era por isso que os meninos de Emília ninguém podia com eles, porque não lhes davam criação.

— Menino só endireita com chinela!

Fui dormir imaginando tudo o que era vingança contra o diabo da velha. Queria vê-la despedaçada entre dois cavalos como a madrasta da história de Trancoso. E cortada aos pedaços na serra do engenho. Aquela injustiça brutal despertava em meu coração puro de menino os impulsos mais cruéis de desforra.

13

Há oito dias que relampejava nas cabeceiras. Meu avô ficava de noite por muito tempo a espreitar o abrir rápido do relâmpago para os lados de cima. E quando se cansava de tanto esperar, botava os moleques para isto.

Lá um dia, para as cordas das nascentes do Paraíba, via-se, quase rente do horizonte, um abrir longínquo e espaçado de relâmpago: era inverno na certa no alto sertão.

As experiências confirmavam que com duas semanas de inverno o Paraíba apontaria na várzea com a sua primeira cabeça-d'água. O rio no verão ficava seco de se atravessar a pé enxuto. Apenas, aqui e ali, pelo seu leito, formavam-se grandes poços, que venciam a estiagem. Nestes pequenos açudes se pescava, lavavam-se os cavalos, tomava-se banho. Nas vazantes plantavam batata-doce e cavavam pequenas cacimbas para o abastecimento de gente que vinha das caatingas, andando léguas, de pote na cabeça. O seu leito de areia branca cobria-se de salsas e junco verde--escuro, enquanto pelas margens os marizeiros davam uma sombra camarada nos meios-dias. Nas grandes secas o povo pobre vivia da água salobra e das vazantes do Paraíba. O gado vinha entreter a sua fome no capim ralo que crescia por ali. Com a notícia dos relâmpagos nas cabeceiras, entraram a arrancar as batatas e os jerimuns das vazantes.

O povo gostava de ver o rio cheio, correndo água de barreira a barreira. Porque era uma alegria por toda parte quando se falava da cheia que descia. E anunciavam a chegada como se se tratasse de visita de gente viva: a cheia já passou na Guarita, vem em Itabaiana...

A notícia corria de boca em boca. No engenho era no que se falava. A canoa já estava calafetada e pintada de novo. Nós todos dormíamos pensando na cabeça da cheia que não tardaria. Eu aguardava com uma ansiedade medonha essa cheia de que tanto se falava. No Recife, vira o Capibaribe nos seus dias de enchente, coberto de balsas, mas o Capibaribe vivia todos os dias a encher e a vazar com as marés. Por isso pensava tanto na cheia do Paraíba, como em coisa inédita para mim.

Vieram dizer no engenho:

— O chefe da estação de Pilar recebeu um aviso de que a cheia já vinha em Itabaiana.

Não custava, portanto, a apontar entre nós. Diziam que o rio vinha de barreira a barreira. E uma tarde um moleque chegou às carreiras, gritando:

— A cheia vem no engenho de seu Lula!

Todos correram para a beira do rio – os moleques, os meninos, os trabalhadores do engenho, meu avô. E começava-se a ouvir a gritaria da gente que ficava pelas margens:

— Olha a cheia! Olha a cheia!

— Ainda vem longe – diziam uns.

— Qual nada! Olha os urubus voando por ali!

De fato, com pouco mais, um fio d'água apontava, numa ligeireza coleante e espantosa de cobra. Era a cabeça da cheia correndo. E quando passava por perto da gente, arrastando basculhos e garranchos, já a vista alcançava o leito do rio todo tomado d'água.

— É água muita! O rio vai às vargens. Vem com força de açude arrombado.

O povo a gritar por todos os lados. E o barulho das águas que cresciam em ondas nos enchendo os ouvidos. Num instante não se via mais nem um banco de areia descoberto. Tudo estava inundado. E as águas subiam pelas barreiras. Começavam então a descer grandes tábuas de espumas, árvores inteiras arrancadas pela raiz.

— Lá vem um boi morto! Olha uma cangalha!

E uma linha de madeira lavrada.

— Aquilo é cumeeira de casa que a cheia botou abaixo.

Longe ouvia-se um gemido como um urro de boi. Estavam botando o búzio para os que ficavam mais distantes. O rumor que as águas faziam nem deixava mais se ouvir o que gritavam do outro lado do rio. As ribanceiras que a correnteza ruía por baixo arriavam com estrondo abafado de terra caída.

Com a noite, um coro melancólico de não sei quantos sapos roncava sinistramente, como vozes que viessem do fundo da terra, cavada de seus confins pela verruma dos redemoinhos.

Eu fiquei a pensar donde viria tanta água barrenta, tanta espuma, tantos pedaços de pau. E custava a crer que uma chuvada no sertão desse para tanta coisa.

Saímos da beira do rio quase na hora da ceia. Meu avô na mesa contava episódios da enchente de 75:

— O rio subiu até a calçada da casa-grande. O velho Calixto, querendo salvar um animal, foi arrastado pela correnteza. Ele tinha perdido um escravo numa virada de canoa. A várzea ficou toda debaixo d'água, com mais de um metro de lama.

Mas há muitos anos que o Paraíba não repetia a façanha.

Fui dormir com a cabeça cheia de tanta novidade. E alta noite acordamos com o barulho que ia pela casa. Era que as águas estavam crescendo cada vez mais. E se continuassem assim, de manhã estariam dentro da casa-grande.

Fomos ver o rio. E pouco andamos, porque já estava entrando pelas estrebarias. O marizeiro que ficava embaixo, a correnteza corria por cima dele. Era um mar d'água roncando. O meu avô, com aquele seu capote de lã, comandava o pessoal como um capitão de navio em tempestade. O perigo estava na casa de purgar, pois a safra de açúcar do ano encontrava-se nos grandes caixões de madeira e nos tanques cheios de mel de furo. Não havia jeito a dar. Como evitar a invasão dos tanques? E mudar para onde aquela enormidade de açúcar?

— É preciso mandar canoa para o povo da ponte. Lá é mais baixo, deve haver precisão de socorro.

E José Ludovina seguiu com a canoa pela várzea. Já estava tudo tomado pelas águas. Botávamos marcos de pau para ver se o rio baixava ou subia. Às três horas da manhã parara de encher. E se ouvia por toda aquela extensão de águas como um gemido soturno. E de quando em vez um rumor de pancada das ribanceiras que caíam.

Não sei por que, eu tinha vontade que o rio continuasse a encher, a entrar por toda parte com as suas águas sujas. Queria ver os baús nadando dentro de casa. A minha tia Maria ficava com as negras no quarto do oratório a rezar.

Quando acordei, de manhã, a várzea era um lago de água barrenta. Apenas, aqui e ali, uns pedaços verdes de canavial, como ilhas de verdura. O rio entrara pelos sangradouros das lagoas, e nos deixava cercados de um lado e de outro. Ia até os pés da caatinga.

Meu avô, em pé, olhava de uma ponta da calçada suas plantas de cana submersas, a sua safra quase toda perdida. Mas não se lastimava, porque sabia que riqueza em limo lhe trouxera o rio para suas terras. Ele mesmo dizia:

— Gosto mais de perder com água do que com sol.

Mais tarde os canoeiros chegaram contando os trabalhos da madrugada. Encontraram gente dentro de casa com água pelos peitos. Mulheres chorando, sem esperança de mais nada. Passaram para o alto para mais de cem pessoas, e cacarecos, e criações. Tinha, porém, desaparecido o negro Salvador, quando procurava passar a nado pelo riacho da Ponte. Era preciso mandar comida para todo aquele povo desarvorado. Meu avô dava ordens para levarem uma barrica de bacalhau.

— E o povo de Maravalha? – perguntava ele aos canoeiros.

— Estão em São Miguel. Mas o capitão Joca ficou. O rio chegou no batente da cozinha. Ninguém não vê nem um pé de cana. É um mar d'água daqui até lá. A canoa passou por cima do cercado do engenho.

Mas o rio, que vazara para mais de metro, à noitinha começou a encher outra vez. Nós íamos sair de casa em carro de boi para a caatinga. Era preciso fazer uma volta de légua para chegar à estrada nova e alcançar uma bueira que atravessa a lagoa. Para os meninos tudo isto parecia uma festa. Saltávamos de contentes com as arrumações. E quando saímos no carro parecia que íamos fazer uma daquelas nossas visitas a outros engenhos. Pela estrada encontrávamos gente com notícias da cheia para as bandas do Pilar. "Na rua da Palha não ficara uma casa em pé. A canoa virara, morrendo seis pessoas. A ponte de Itabaiana acabou-se."

E isto ia aumentando mais o pavor da minha tia Maria. Conosco vinham as costureiras e umas quatro negras. Noutro carro, deitada, a vovó Galdina paralítica. A velha Sinhazinha não quisera vir; não ia abandonar o Cazuza sozinho. Os seus inimigos não podiam deixar de respeitar esta sua coragem. E naquela hora lhe perdoávamos muito de sua ruindade.

O carro chegou na casa do velho Amâncio às cinco horas da manhã. Todos estavam acordados. Pelo terreiro da casa viam-se os teréns dos refugiados, chegados ali primeiro do que nós. Eram umas duas famílias, com seus meninos, os seus porcos, as suas panelas, as suas galinhas. Nós, os da casa-grande, estávamos ali reunidos no mesmo medo, com aquela pobre gente do eito. E com eles bebemos o mesmo café com açúcar bruto e comemos a mesma batata-doce do velho Amâncio. E almoçamos com eles a boa carne de ceará com farofa.

À noite dormimos em cama de vara. A chuva pingava dentro de casa por não sei quantas goteiras. E o cheiro horrível dos chiqueiros de porcos pertinho da gente. Os outros retirantes ficaram na casa de farinha, pelo chão. Era tudo isto o que de melhor o pobre do velho Amâncio tinha para nos oferecer: esta sua desgraçada e fedorenta miséria de pária.

Depois chegou do engenho o mantimento que tínhamos esquecido com as pressas. E a minha tia Maria distribuiu com aquela gente toda a carne de sol e o arroz que nos trouxeram. Eles pareciam felizes de qualquer forma, muito submissos e muito contentes com o seu destino. A cheia tinha-lhes comido os roçados de mandioca, levando o quase nada que tinham. Mas não levantavam os braços para imprecar, não se revoltavam. Eram uns cordeiros.

— O que vale é a saúde e a proteção de Deus – diziam sempre.

Mas, coitados, com que saúde e com que Deus estavam eles contando!

No outro dia de manhã veio um portador nos chamar. O rio já estava no caixão. Botaram os bois no carro, e descemos para a várzea. Do alto podia-se avistar o grande lençol de águas barrentas que corria lá embaixo. E quando fomos chegando mais para perto, a várzea estendia-se aos nossos olhos, ainda coberta de água: é que os sangradouros naturais se tinham obstruído com os depósitos de areias trazidas pela correnteza. Era preciso cavar com enxada para que as águas descessem outra vez para o rio. Nós, os meninos, queríamos encontrar os estragos da cheia. Parece que havia um certo prazer, uma vaidade nossa, em que também no engenho ela tivesse deixado seus sinais de destruição.

Pelo caminho o homem que nos viera chamar contava do encontro dos canoeiros com o corpo do negro Salvador:

— Zé Guedes viu uma coisa amarela boiando. Pensou que fosse uma jaca. Meteu o remo: era a cabeça melada de lama do negro, engalhada num pé de cabreira. Estava com três dias de afogado. E os urubus por cima, rodando.

Vimos então o estado em que as águas deixaram os canaviais. Parecia que uma chuva pesada de oca caíra por ali, de tudo parecer cor de barro vermelho.

— O coronel este ano não faz duzentos pães de açúcar – dizia o carreiro. — Só ficou com cana pra semente.

E por onde as águas tinham passado, espelhava ao sol uma lama cor de moeda de ouro: o limo que ia fazer a fartura dos novos partidos.

O meu avô esperava no terreiro. Quando chegamos, pegou a indagar por tudo, pelo que tínhamos passado.

— A cheia destruiu mais que em 75. O Joca perdeu a semente de cana. A linha de ferro foi arrastada em mais de um quilômetro no Engenho Novo. No Espírito Santo caíram ruas de casas. Há muita miséria. Muita fome no povo. O governo está mandando mantimentos.

Havia uma sombria tristeza na gente da casa-grande. Há três dias que ali não se dormia, comia-se às pressas, com o pavor da inundação.

O engenho e a casa de farinha repletos de flagelados. Era a população das margens do rio, arrasada, morta de fome, se não fossem o bacalhau e a farinha seca da "fazenda". Conversaram sobre os incidentes da enchente, achando graça até nas peripécias de salvamento. João de Umbelino mentia à vontade, contando pabulagens que ninguém assistira. Gente esfarrapada, com meninos amarelos e chorões, com mulheres de peitos murchos e homens que ninguém dava nada por eles – mas uma gente com quem se podia contar na certa para o trabalho mais duro e a dedicação mais canina.

Saímos então para ver de perto o que o rio tinha feito. Na parede da estrebaria e nos paus do cercado ficara a marca das águas. A boca da fornalha parecia um açude; com mais um palmo a casa de purgar teria ido embora. O cercado era um atoleiro por onde os bois iam deixando as marcas dos cascos. Por toda parte um cheiro aborrecido de lama. Os galhos dos marizeiros, todos pendidos para um lado, como se tivessem sido torcidos por uma ventania. E garranchos e ramarias secas por cima deles. O engenho todo estava triste. Só os canoeiros alegres, passando a bom preço, de um lado para outro, os aguardenteiros que vinham do contrabando de cachaça de Pernambuco. E para nós era a única coisa a ver: a canoa cheia de ancoretas, e os cavalos, puxados de corda, nadando, e a gritaria obscena do pessoal. O resto, tudo muito triste, e lama por toda parte.

14

Botaram-me para aprender as primeiras letras em casa dum doutor Figueiredo, que viera da capital passar tempos na vila do Pilar. Pela primeira vez eu ia ficar com gente estranha um dia inteiro.

Fui ali recebido com os agrados e as condescendências que reservavam para o neto do prefeito da terra. Tinha o meu mestre uma mulher morena e bonita, que me beijava todas as vezes que eu chegava, que me fazia as vontades: chamava-se Judite. Gostava dela diferente do que sentia pela minha tia Maria. Ela sempre que me ensinava as letras debruçava-se por cima de mim. E os seus abraços e os seus beijos eram os mais quentes que já tinha recebido.

E o doutor Figueiredo não parava no lugar. Só ficava quieto lendo os jornais e os livros, que tinha muitos pela mesa. A mulher era quem me ensinava, quem tomava conta de mim. Uma vez a vi chorando, com os olhos vermelhos, e o doutor

Figueiredo saindo de casa batendo a porta. E doutra, enquanto eu ficava sozinho na sala com a minha carta na mão, ouvi no interior da casa um ruído de pancadas e uns gritos de quem estivesse apanhando. Compreendi então que a minha bela Judite apanhava do marido. Tive mesmo ímpeto de correr para a rua e chamar o povo para acudi-la. Mas fiquei quieto na cadeira, escutando-lhe o soluço abafado. Mais tarde ela chegou para me ensinar, e me abraçou e me beijou como nunca. Fiquei a pensar no que sofria a minha amiga, na convivência daquele homem magro e alto. E o meu coração sentiu-se cheio de uma afeição estranha pela sua mulher. Era tão terna para mim, me punha no colo para me agradar, para me dizer que me queria um bem de mãe. Eu sentia o seu sofrimento como se fosse o meu.

Foi ali com ela, sentindo o cheiro de seus cabelos pretos e a boa carícia de suas mãos morenas, que aprendi as letras do alfabeto. Sonhava com ela de noite, e não gostava dos domingos porque ia ficar longe de seus beijos e abraços.

Depois mandaram-me para a aula dum outro professor, com outros meninos, todos de gente pobre. Havia para mim um regime de exceção. Não brigavam comigo. Existia um copo separado para eu beber água, e um tamborete de palhinha para "o neto do coronel Zé Paulino". Os outros meninos sentavam-se em caixões de gás. Lia-se a lição em voz alta. A tabuada era cantada em coro, com os pés balançando, num ritmo que ainda hoje tenho nos ouvidos. Nas sabatinas nunca levei um bolo, mas quando acertava, mandavam que desse nos meus competidores. Eu me sentia bem com todo esse regime de miséria. Os meninos não tinham raiva de mim. Muitos deles eram de moradores do engenho. Parece que ainda os vejo, com seus bauzinhos de flandres, voltando a pé para casa, a olharem para mim, de bolsa a tiracolo, na garupa do cavalo branco que me levava e trazia da escola.

15

O OUTRO MESTRE QUE eu tive foi o Zé Guedes, meu professor de muita coisa ruim. Levava-me e trazia-me da escola todos os dias. E na meia hora que ficava com ele, de ida e volta, aprendi coisas mais fáceis de aprender que a tabuada e as letras. Contava-me tudo que era história de amor, sua e dos outros.

— Ali mora Zefa Cajá.

E lá vinha com os detalhes, com as coisas erradas da vida desta mulher. Às vezes parava na porta, e era uma conversa comprida, cheia de ditos e de sem-vergonhices.

— Olha o menino, Zé Guedes! Ô homem desbocado!

Mas ele pouco se importava comigo. Eu mesmo gostava de ouvir o bate-boca imundo. Pelo caminho o moleque continuava nas suas lições, falando de mulheres e de doenças do mundo. E nome por nome, ele dava de todas as doenças: cavalo, mula, crista de galo.

Às vezes, da estrada, pediam para comprar coisas na vila: carretéis de linha, papel de agulhas. Zé Guedes entregava as encomendas, puxando conversas compridas com as mulatinhas.

— Aquela ali já foi passada. Quem manda nela é o doutor Juca.

E eu ia sabendo que o meu tio Juca tinha mulatas em quem mandava. De uma feita desceu numa casa de palha, onde só morava uma negra. Ficou lá dentro uma porção de tempo. Quando saiu, ouviu a mulher dizendo:

— Não vá se esquecer do corte de chita, seu xeixeiro!

Eram assim as minhas lições de porcaria com aquele mestre que não se contentava com o lado teórico de seu magistério e também dava as suas lições de coisas.

Nós tínhamos, porém, no curral pegado à casa-grande, uma aula pública de amor. O que Zé Guedes nos contava dele com as Zefas, os touros e as vacas nos faziam entrar pelo entendimento. Era ali um bom campo de demonstração. No cercado dos engenhos o menino se inicia nestes mistérios do sexo, antecipando-se por muitos anos no amor. A reprodução da espécie ficava para nós um ato sem grandeza nenhuma. Víamos as vacas e as porcas nas dores do parto. E éramos quase seus assistentes. Lembro-me de uma vaca malhada que morreu por uma malvadeza do meu primo Silvino. Ele se meteu a médico, e com uma imperícia infeliz matou a pobre novilha turina do meu avô. Ninguém soube no engenho deste crime cometido com a minha cumplicidade.

Concorríamos também no amor com os touros e os pais de chiqueiro. Tínhamos as nossas cabras e as nossas vacas para encontros de lubricidade. A promiscuidade selvagem do curral arrastava a nossa infância às experiências de prazeres que não tínhamos idade de gozar. Era apenas uma buliçosa curiosidade de menino, a mesma curiosidade que nos levava a ver o que andava por dentro dos brinquedos.

Uma tarde o primo Silvino me disse:

— Hoje vamos fazer porcaria no curral.

De fato, à boca da noite, quando o gado chegado do pastoreador descansava, uns deitados e outros parados a olhar o chão, eu vi o primo Silvino trepado na cerca, procurando pôr-se por cima de uma vaca mansinha. Nós todos ficávamos de longe, mudos e sôfregos, como se fôssemos cúmplices de um crime.

— Sai daí, menino severgonho. Vou dizer ao coronel.

16

Meu avô me levava sempre em suas visitas de corregedor às terras de seu engenho. Ia ver de perto os seus moradores, dar uma visita de senhor nos seus campos. O velho José Paulino gostava de percorrer a sua propriedade, de andá-la canto por canto, entrar pelas suas matas, olhar as suas nascentes, saber das precisões de seu povo, dar os seus gritos de chefe, ouvir queixas e implantar a ordem. Andávamos muito nessas suas visitas de patriarca. Ele parava de porta em porta, batendo com a tabica de cipó-pau nas janelas fechadas. Acudia sempre uma mulher de cara de necessidade: a pobre mulher que paria os seus muitos filhos em cama de vara e criava-os até grandes com o leite de seus úberes de mochila. Elas respondiam pelos maridos:

— Anda no roçado.

— Está doente.

— Foi pra rua comprar gás.

Outras se lastimavam de doenças em casa, com os meninos de sezão e o pai entrevado em cima da cama. E quando o meu avô queria saber por que o Zé Ursulino não vinha para os seus dias no eito, elas arranjavam desculpas:

— Levantou-se hoje do reumatismo.

O meu avô então gritava:

— Boto pra fora. Gente safada, com quatro dias de

serviço adiantado e metidos no eito do Engenho Novo. Pensam que eu não sei? Toco fogo na casa.

— É mentira, seu coronel. Zé Ursulino nem pode andar. Tomou até purga de batata. O povo foi contar mentira pro senhor. Santa Luzia me cegue, se estou inventando.

E os meninos nus, de barriga tinindo como bodoque. E o mais pequeno na lama, brincando com o borro sujo como se fosse com areia da praia.

— Estamos morrendo de fome. Deus quisera que Zé Ursulino estivesse com saúde.

— Diga a ele que pra semana começa o corte da cana.

E quase sempre mais adiante nós encontrávamos Zé Ursulino de cacete na mão e com a sua saúde bem rija.

— Já disse à sua mulher que lhe boto pra fora. Não vai trabalhar na "fazenda", mas anda vadiando por aí. Não quero cabra safado no meu engenho.

E era a mesma conversa. Que pra semana ia na certa. Que andava doente de novo, com dores pelo corpo todo.

Doutras vezes batíamos a uma porta aonde não acudia ninguém. Mais adiante a família toda estava pegada na enxada: o homem, a mulher, os meninos. E vinha logo de chapéu na mão, pedir as suas ordens. Era um rendeiro que não tinha a obrigação dos três dias no eito. Pagava o foro e ficava livre da servidão da bagaceira. O seu roçado de algodão e de fava garantia essa meia liberdade que gozava. Então meu avô perguntava pelo que se passava nos arredores, se alguém andava vendendo algodão por fora ou tirando lenha da mata para vender.

— Que eu saiba, não, seu coronel.

— Pois você vigie por aqui.

E depois:

— Cabra bom – me dizia. — Nunca me deu trabalho.

E numa casa de palha uma mulher branca, como de madapolão, sem uma gota de sangue na cara, com um menino pequeno engatinhando no chão quente do terreiro e o outro de peito, nos braços: era a mulher de Chico Baixinho. Tinha parido há oito dias, e o marido no mundo.

— Ninguém sabe onde ele anda, seu coronel. Aquilo é um desgraçado. Me deixou em cima da cama com a barriga rachando, e danou-se. Só não morri à míngua porque o povo daqui socorreu.

O meu avô dizia para ela ir buscar bacalhau no engenho.

Noutra casa o povo todo estava caído de sezão. Tinham voltado da várzea de Goiana amarelos e inchados de paludismo.

— Mande o menino buscar quinino no engenho. Vocês saem daqui com saúde e voltam assim em petição de miséria. Vão outra vez pra Goiana.

Eram assim as viagens do meu avô, quando ele saía a correr todas as suas grotas, revendo os pés de pau de seu engenho. Ninguém lhe tocava num capão de mato, que era mesmo que arrancar um pedaço de seu corpo. Podiam roubar as mandiocas que plantava pelas chãs, mas não lhe bulissem nas matas. Ele mesmo, quando queria fazer qualquer obra, mandava comprar madeira nos outros engenhos. Os seus paus-d'arco, as suas perobas, os seus corações-de-negro cresciam indiferentes ao machado e às serras. Uma vez, numa das nossas viagens, vi-o furioso como nunca. Entrávamos por uma picada na mata grande, e ouvimos um ruído de machado:

— Quem lhe deu ordem para botar abaixo este pau-d'arco?

— Foi o doutor Juca – respondeu mais morto do que vivo o seu Firmino Carpina.

— Mas o senhor sabe que eu não quero que se meta machado por aqui, com os seiscentos mil diabos!

E voltou para casa sem dar mais uma palavra, sem parar em parte alguma.

17

Nos dias de festa tiravam um pano que cobria o oratório preto de jacarandá e acendiam as velas dos castiçais. O quarto dos santos ficava aberto para todo mundo. Não havia capela no Santa Rosa como nos outros engenhos, talvez porque ficassem pertinho dali as duas matrizes do Pilar e de São Miguel. E mesmo o meu avô não era um devoto. A religião dele não conhecia a penitência e esquecia alguns dos mandamentos da lei de Deus. Não ia às missas, não se confessava, mas em tudo que procurava fazer lá vinha um "se Deus quiser" ou "tenho fé em Nossa Senhora". A minha tia Maria cuidava de ensinar a mim e aos moleques as rezas que ainda hoje sei. O meu avô, nunca o vi rezando. Com ele, porém, contavam os padres das duas freguesias nas suas festas e nas necessidades. Ele, que morria pelas suas matas, mandara uma vez que os carpinas botassem abaixo a madeira que o padre Severino quisesse para as obras da igreja.

Quando acendiam as velas do quarto dos santos, nós íamos olhar as estampas e as imagens. Havia um Menino Jesus que era o nosso encanto, um menino bonito com os olhos azuis da prima Lili e um sorriso bonzinho na boca. Trazia numa das mãos um longo bastão de ouro e na outra a bola do mundo.

— Se aquela bola caísse, o mundo se acabava.

Mas o nosso menino, vestido de manto azul estrelado, trazia por debaixo de suas vestes uma rolinha bicuda de criança. E nós levantávamos o manto de quando em vez, espantados que a gente do céu também precisasse daquelas coisas.

— Os meninos estão bulindo no santuário.

Vinham brigar com a gente.

As estampas das paredes contavam histórias de mártires. Um são Sebastião atravessado de setas, com os seus milagres em redor do quadro. O anjo Gabriel com a espada no peito de um diabo de asas de morcego. São João com um carneirinho manso. São Severino fardado, estendido num caixão de defunto. Um santo comprido com uma caveira na mão. Os moleques então nos mostravam uma santa mulata com uma criança no braço, uma que tinha no rosto a marca de ferro em brasa.

— Ela era uma escrava – contavam os moleques. — E a senhora queimou o rosto dela com um garfo quente.

Eu pensava sempre na tia Sinhazinha quando os moleques falavam nesta senhora malvada.

Mas o quarto dos santos vivia fechado. Não havia no engenho o gosto diário da oração. Talvez que o exemplo de meu avô, justo e bom como ele era, mas indiferente às práticas religiosas, arrastasse os seus a esses afrouxamentos de devoção. Pagava-se muita promessa, dava-se muito dinheiro para as festas de Nossa Senhora. Mas nunca vi ninguém do engenho numa mesa de comunhão, nem mesmo a tia Maria. O povo pobre do eito só se confessava na hora da morte, quando, à revelia deles, mandavam chamar o padre às carreiras. E no entanto não tiravam Nossa Senhora da boca e faziam novenas a propósito de tudo.

A não ser a tia Maria, que me ensinava o padre-nosso, ninguém ali me falava de catecismo. A religião que eu tinha vinha ainda das conversas com a minha mãe. Sabia que Deus fizera o mundo, que havia céu e inferno, e que a gente sofre na terra por causa de uma maçã. Os moleques também não sabiam mais do que eu. Nas missas de festa que assistíamos na vila, pouco víamos o padre no altar. Andávamos pelos botequins no capilé, ou tirando a sorte de papeizinhos enrolados.

Pela Semana Santa contavam-nos as malvadezas dos judeus com Nosso Senhor – da coroa de espinhos, da lançada no coração e do sangue que correu da ferida e abriu os olhos de um cego que ficara por baixo da cruz. Na Sexta-Feira Santa só se comia uma vez no engenho. Vinha peixe fresco da cidade e parentes de outros engenhos: comia-se muito mais do que nos outros dias. As negras na cozinha falavam do martírio de Jesus com uma compaixão de dentro da alma, e diziam que se o padre na missa do sábado não achasse a Aleluia, o mundo se acabaria de uma vez. Os moradores vinham então pedir o jejum, em bandos. Davam-lhes bacalhau e farinha. Eles saíam com a mulher e os filhos rotos, de sacos nas costas, como se estivessem fazendo um número de via-sacra. O dia todo era triste. O trem de ferro não corria na linha.

Às vezes vinha ao engenho por este tempo uma velha Totonha, que sabia uma Vida, Paixão e Morte de Jesus Cristo em versos e nos deixava com os olhos molhados de lágrimas com a sua narrativa dolorosa.

A velha Sinhazinha dizia que Semana Santa boa era a do Itambé. O padre Júlio beijava os pés dos pobres, fazia procissão de encontro e um sermão de lágrimas que todo mundo chorava na igreja. As negras ficavam pela cozinha, sentadas, conversando em cochichos sobre o dia. Não se tomava banho de rio, para não se ficar nu na frente um do outro. Não se judiava com os animais. Não se chamava nome a ninguém. Um canário que eu tinha pegado me fizeram soltar. E as nossas conversas avançavam até em corrigenda à vontade de Deus. Nós achávamos que Jesus Cristo devia ter liquidado todos os judeus e tomado conta de Jerusalém. Não atinávamos com a grandeza do sacrifício. Queríamos a vitória material sobre os seus algozes.

Abriam, por esse tempo, o quarto dos santos. O santuário coberto de preto e as estampas viradas todas para a parede. Os santos estavam com vergonha de olhar para o mundo.

Era assim a religião do engenho onde me criei.

18

O MEU AVÔ MANDOU botar o cabra no tronco. E nós fomos vê-lo, estendido no chão, com o pé metido no furo do suplício. Raramente eu tinha visto gente no tronco. Somente um negro ladrão de cavalos ficara ali até que chegassem os soldados da vila, que o levaram. Agora, porém, Chico Pereira estava lá, com os pés no buraco redondo.

— É mentira daquela bicha severgonha. Ela botou pra cima de mim os estragos que os outros fez. Ela pode casar com o diabo, comigo não. O coronel me mata, mas eu não me amarro com aquela peste. Vou pra cadeia, crio bicho na peia, mas não vivo com a descarada daquela quenga. Eu não tapo buraco dos outros.

O cabra, deitado de costas, com os pés presos no tronco, me impressionou com aquela sua fala de revoltado. Chico Pereira era cambiteiro, moleque chibante da bagaceira, cheio de ditos e nomes obscenos. Todo mundo acreditava que tivesse sido ele mesmo o autor do malfeito na mulata Maria Pia. A mãe da ofendida viera dar queixas ao meu avô, botando a coisa pra cima de Chico Pereira. E no tronco ele ficaria até se resolver a casar com a sua vítima.

No outro dia voltei para junto do prisioneiro. As pernas presas já estavam inchadas, apertadas demais no buraco do tronco. Ele quando me viu me chamou:

— Vá pedir a Maria Menina para me valer.

Tia Maria me disse:

— Se ele deve, deve pagar.

Na hora do almoço eu mesmo fui levar ao preso o prato de comida. Estava com o corpo todo dormente. Aquela imobilidade de mais de 24 horas ia deixando entorpecida a circulação.

— Morro aqui, e não caso. Aquela desgraçada me paga. O coronel pode me picar de facão.

Fiquei ao lado de Chico Pereira, deixei os meus primos e os moleques. Não fui ao poço lavar os cavalos para ficar com ele, conversando, ouvindo as suas histórias, sentindo as suas angústias. Era uma injustiça o que estavam fazendo. Por que não seria mentira da mulata? Não havia ninguém no engenho que estivesse a favor do cabra. A moça tinha sido ofendida, e o moleque que pagasse o que devia. Chico Pereira só contava comigo.

À tarde, estava o meu avô sentado na sua cadeira, perto da banca, no alpendre, quando chegaram Maria Pia e a mãe. Vinham todas duas chorando. A velha correu logo para a tia Maria, ajoelhando-se aos seus pés:

— Proteja a minha filha, Maria Menina.

O meu avô ordenou que acabasse com aquela latomia.

E mandou buscar um livro que havia debaixo do santuário.

— Você vai jurar em cima deste livro santo como contará a verdade de tudo. O cabra está no tronco. Ele nega, prefere morrer a casar. Vamos, bote a mão aqui em cima e diga o nome de quem lhe fez mal.

Deu o livro vermelho com a cruz dourada na capa para a negra botar a mão em cima. A velha e a filha ficaram fora do mundo. Aquele livro santo não era para menos. E então a mãe de Maria Pia, como se estivesse com a faca nos peitos:

— Menina, não bota a tua alma no inferno.

O povo todo tinha chegado para perto da mulata.

— Vamos – disse o meu avô, com aquela sua voz de mando.

E a mulata com os olhos esbugalhados:

— Juro que foi o doutor Juca quem me fez mal.

O meu avô não deu uma palavra. Só fez dizer:

— Soltem o cabra.

Corri para ver Chico Pereira, com a ânsia de encontrar o meu constituinte inocente.

Ele não podia andar. Os pés inchados não tocavam no chão.

— Estou com um formigueiro no corpo todo. Eu não dizia que a negra não prestava? O doutor Juca agora vai ficar com mais esta nas costas.

Na casa-grande só se falava baixinho no caso. Minha tia Maria não me deu uma palavra. Na hora da ceia meu avô pouco falou. Tio Juca não viera para a mesa. Apenas no fim o velho José Paulino queixou-se:

— Não sei pra que servem os estudos. A gente gasta um dinheirão, e eles voltam pra fazer besteiras desta ordem.

19

A ESTRADA DE FERRO passava no outro lado do rio. Do engenho nós ouvíamos o trem apitar, e fazia-se de sua passagem uma espécie de relógio de todas as atividades: antes do trem das dez, depois do trem das duas.

Costumávamos ir para a beira da linha ver de perto os trens de passageiros. E ficávamos de cima dos cortes olhando como se fossem uma coisa nunca vista os horários que vinham de Recife e voltavam da Paraíba. Mas nos proibiam esse espetáculo com medo das nossas traquinagens pelo leito da estrada. E tinha razão de ser tanta cautela: um dos lances mais agoniados da minha infância eu passei numa dessas esperas de trem. O meu primo Silvino combinara em fazer virar a máquina na rampa do Caboclo. Já outra vez, com um pano vermelho que um moleque pregara num pau, um maquinista parara o horário das dez. Agora o que meu primo queria era um desastre. E botou uma pedra bem na curva da rampa. Nós ficamos de espreita, esperando a hora. Quando vi o trem se aproximar como um bicho comprido que viesse para uma armadilha, deu-me uma agonia dentro de mim que eu não soube explicar. Parecia que eu ia ver ali perto de mim pedaços de gente morta, cabeças rolando pelo chão, sangue correndo no meio de ferros desmantelados. E num ímpeto, com o trem que vinha roncando pertinho, corri para a pedra e com toda a minha força empurrei-a pra fora. Um instante mais ouvi o ruído da máquina que passava. Fiquei sozinho, ali no ermo da estrada de ferro. Os meus primos e os moleques tinham corrido. Meu coração batia apressado. Parecia que eu era o único culpado daquela desgraça que não acontecera.

Comecei a chorar com medo do silêncio. Muito de longe o trem apitava. E banhado pelas lágrimas andei para casa. Nunca mais em minha vida o heroísmo me tentaria por essa forma.

20

NA MATA DO ROLO estava aparecendo lobisomem. Na cozinha era no que se falava, num vulto daninho que pegava gente para beber sangue. Manuel Severino, quando voltava de uma novena, levara uma carreira do bicho. Ele mesmo contava:

— Eu vi o vulto partir pra cima de mim, e larguei as pernas num carreirão de cavalo desembestado. Olhei pra trás, e só vi o mato bulindo com um pé de vento de arrancar raiz.

As notícias do bicho misterioso chegavam com todos os detalhes. Uns afirmavam que José Cutia estava encantado outra vez. José Cutia era um comprador de ovos da Paraíba, um pobre homem que não tinha uma gota de sangue na cara. Andava sempre de noite, talvez para melhor fazer as suas caminhadas, sem sol. E por isto tinha-se na certa que era ele o lobisomem.

— Ele quer corar com o sangue dos outros.

E havia gente que até vira José Cutia por debaixo das ingazeiras virando bicho. As unhas cresciam como lâminas enormes, os pés ficavam como os de cabra, e os cabelos eram crinas de cavalo. Diziam que o homem grunhia como porco na faca, no momento de se encantar. Ele não queria, mas o seu corpo não podia viver sem sangue. E bancava lobisomem contra a vontade.

O povo não tinha raiva dele; tinha pena até. Porque era certo que José Cutia era mandado de noite por uma força que não era dele. Mas nós, quando o víamos passar com as suas cestas de ovos, fugíamos da estrada com medo. Diziam também que ele comia fígado de menino e que tomava banho com sangue de criança de peito.

— Lá vem o papa-figo! – era assim que botavam a gente para correr de qualquer parte.

E as histórias corriam como os fatos mais reais deste mundo. Agora era o encontro do padre Ramalho com o lobisomem na mata. O padre ia para dar a extrema-unção a um doente nos Caldeiros, quando viu uma coisa puxando pelo rabo do cavalo. Deu de rebenque, meteu as esporas, e nada. O cavalo parecia com os pés enterrados no chão. Olhou para trás, viu o bicho já querendo partir para cima dele. Tirou do bolso a caixinha com a hóstia consagrada, e apontou. Ouviu o baque de um corpo todo, e um gemido comprido de moribundo. O cavalo tomou as rédeas, disparando. No outro dia encontraram José Cutia desfalecido na estrada.

E o lobisomem bebia sangue também dos animais, chupava os cavalos no pescoço. O poldro coringa do meu avô amanheceu um dia com um talho minando sangue. O lobisomem andara de noite pelas estrebarias.

Eu acreditava em tudo isto, e muitas vezes fui dormir com o susto destes bichos infernais. Na minha sensibilidade ia crescendo este terror pelo desconhecido, pelas matas escuras, pelos homens amarelos que comiam fígado de menino. E até grande, rapaz de colégio, quando passava pelos sombrios recantos dos lobisomens, era assoviando ou cantando alto para afugentar o medo que ia por mim. Os zumbis também existiam no engenho. Os bois que morriam não se enterravam. Arrastava-se para o cemitério dos animais, à beira do rio, debaixo dos marizeiros, onde eles ficavam para o repasto dos urubus. De longe sentia-se o hálito podre da carniça, e a gente via os comensais disputando os pedaços de carne e as tripas do defunto. O zumbi, que era a alma dos animais, ficava por ali rondando. Não tinha o poder maligno dos lobisomens. Não bebia sangue nem dava surras como as caiporas. Encarnava-se em porcos e bois, que corriam pela frente da gente. E quando se procurava pegá-los, desapareciam por encanto.

O velho Fausto, maquinista, uma vez, indo para o sítio da Paciência, se deparou com um porco-espinho roncando. Por onde ia, ia o porco, como um cachorro de fila. E ele, perdendo a calma, sacudiu o seu cacete de jucá, com toda a força, no lombo do barrão: foi num toco preto de pau que bateu.

Eles me contavam estas histórias dando detalhe por detalhe, que ninguém podia suspeitar da mentira. E a verdade é que para mim tudo isto criava uma vida real. O lobisomem existia, era de carne e osso, bebia sangue de gente. Eu acreditava nele com mais convicção do que acreditava em Deus. Ele ficava tão perto da gente, ali na Mata do Rolo, com as suas unhas de espetos e os seus pés de cabra! Deus fizera o mundo somente. Era distante dos nossos medos, e nós não o víamos como a José Cutia com o seu cesto de ovos. Pintavam o lobisomem com uma realidade tão da terra que era mesmo que eu ter visto. De Deus, tinha-se uma ideia vaga de sua pessoa. Um homem bom, com um céu para os justos e um inferno para a gente ruim como a velha Sinhazinha, com caldeiras e espetos quentes. Mas tudo isso depois que o sujeito morresse. O lobisomem lutava corpo a corpo com a gente viva. Era sair antes da meia-noite para a Mata do Rolo, e encontrá-lo.

Punham-nos a dormir nos embalando com o bicho-carrapatu. A cabra-cabriola, a caipora, encontravam na mata os caçadores solitários. A burra de padre andava tinindo as correntes de suas patas pelas porteiras distantes. Um mundo inteiro de duendes em carne e osso vivia para mim. E o que de Deus nos contavam era tudo muito no ar, muito do céu, muito do começo do mundo. É verdade que os sofrimentos de Jesus Cristo na Semana Santa nos tocavam profundamente. Mas Jesus Cristo era para nós diferente de Deus. Deus era um homem de barbas grandes, e Jesus era um rapaz. Deus nunca nascera, e Jesus tivera uma mãe, aprendera a ler, levava carão, fora menino como os outros. E nós não sabíamos compreender os mistérios da Santíssima Trindade. Só depois o catecismo viria destruir a minha crença absoluta nos bichos perigosos do engenho. Muita coisa deles, porém, ficou por dentro da minha formação de homem.

21

A velha Totonha de quando em vez batia no engenho. E era um acontecimento para a meninada. Ela vivia de contar histórias de Trancoso. Pequenina e toda engelhada, tão leve que uma ventania poderia carregá-la, andava léguas e léguas a pé, de engenho a engenho, como uma edição viva das *Mil e uma noites*. Que talento ela possuía para contar as suas histórias, com um jeito admirável de falar em nome de todos os personagens! Sem nem um dente na boca, e com uma voz que dava todos os tons às palavras.

As suas histórias para mim valiam tudo. Ela também sabia escolher o seu auditório. Não gostava de contar para o primo Silvino, porque ele se punha a tagarelar no meio das narrativas. Eu ficava calado, quieto, diante dela. Para este seu ouvinte a velha Totonha não conhecia cansaço. Repetia, contava mais uma, entrava por uma perna de pinto e saía por uma perna de pato, sempre com aquele seu sorriso de avó de gravura dos livros de história. E as suas lendas eram suas, ninguém sabia contar como ela. Havia uma nota pessoal nas modulações de sua voz e uma expressão de humanidade nos reis e nas rainhas dos seus contos. O seu Pequeno Polegar era diferente. A sua avó que engordava os meninos para comer era mais cruel que a das histórias que outros contavam.

A velha Totonha era uma grande artista para dramatizar. Ela subia e descia ao sublime sem forçar as situações, como a coisa mais natural deste mundo. Tinha uma memória de prodígio. Recitava contos inteiros em versos, intercalando de vez em quando pedaços de prosa, como notas explicativas. Havia a história de um homem condenado à morte. Os sinos já dobravam para o desgraçado que caminhava para a forca. Era acusado por crime de morte. Todos os indícios estavam contra ele. E quando o cortejo passava pela porta da casa de sua mulher em lágrimas, um seu filho que mamava tirou a boca do peito, e começou a falar em versos, e descobriu tudo, salvando o pai que ia morrer inocente. Os versos que esse menino recitava, a velha Totonha declamava com uma expressão de dor de arrepiar. As lágrimas vinham-me aos olhos com aquele lamento fanhoso de menino de peito a cantar.

Havia sempre rei e rainha, nos seus contos, e forca e adivinhações. E muito da vida, com as suas maldades e as suas grandezas, a gente encontrava naqueles heróis e naqueles intrigantes, que eram sempre castigados com mortes horríveis. O que fazia a velha Totonha mais curiosa era a cor local que ela punha nos seus descritivos. Quando ela queria pintar um reino era como se estivesse falando dum engenho fabuloso. Os rios e as florestas por onde andavam os seus personagens se pareciam muito com o Paraíba e a Mata do Rolo. O seu Barba-Azul era um senhor de engenho de Pernambuco.

A história da madrasta que enterrara uma menina era a sua obra-prima. O pai saíra para uma viagem comprida, deixando a filha, que ele amava mais do que tudo, com a sua segunda mulher. Quando partiu, encheu a mulher de recomendações para que tivesse todos os cuidados com a filha. Era uma menina de cabelos louros, linda como uma princesa. A madrasta, porém, não queria bem a ela, com os ciúmes do amor de seu marido pela menina. Pegou então a judiar com a bichinha. Era ela quem ia de pote na cabeça buscar água no rio, quem tratava dos porcos, quem varria a casa. Nem tinha mais tempo de brincar com as suas bonecas. Parecia uma criada, com os cabelos maltratados e a roupa suja. Lá um dia a madrasta mandou que ela ficasse debaixo de um pé de figueira, com uma vara na mão espantando os sabiás das frutas. E a menina passava o dia inteiro tangendo os passarinhos com fome. As rolas-lavandeiras, aquelas que lavam a roupa de Nosso Senhor, vinham conversar com ela, contavam-lhe histórias do céu. Mas um dia ela se pôs a olhar para o mundo bonito, para o céu azul e a alegria toda do canto dos pássaros. Na sombra da figueira, com aquele mormaço do meio-dia, adormeceu sonhando com o pai que andava longe e com os brinquedos que traria. E os sabiás pinicaram os figos da figueira. Era o que a madrasta queria. Pegou a menina, deu-lhe uma surra de matar, e a enterrou, ainda viva, na beira do rio. De volta o pai chorou como um desgraçado, com a notícia da morte da filha. A madrasta contou que a menina adoecera desde que ele botara os pés fora de casa:

— Não houve remédio para a pobrezinha.

Uma manhã, porém, o capineiro do engenho saiu para cortar capim para os cavalos. Uma touceira bem verde crescia do meio do capinzal. Ele meteu a serra. Ouviu então de dentro da terra uma voz muito de longe. Pensou que fosse engano de suas ouças, e meteu outra vez a serra. Aí uma voz doída, como a de uma alma sofrendo, levantou-se numa cantiga:

Capineiro de meu pai,
não me corte os meus cabelos.
Minha mãe me penteou,
minha madrasta me enterrou,
pelos figos da figueira
que o passarinho picou.

O capineiro assombrado correu para chamar o senhor de engenho. E voltaram com a enxada, e cavaram a terra. A menina estava verde como uma folha de mato. Os cabelos crescidos em touceiras de capim de planta. Os olhos cheios de terra. E as unhas das mãos pretas e enormes. O senhor de engenho chorou feito um doido, abraçando e beijando a filhinha. No engenho foi uma festa que durou muitos dias. Os negros dançaram coco duas semanas. Muitos escravos tiveram carta de alforria. E amarraram a madrasta nas pernas de dois poldros brabos. Os pedaços dela ficaram pela estrada, fedendo.

Havia também umas viagens de Jesus Cristo com os apóstolos. Chegava Jesus para dormir num rancho com os seus companheiros. Os donos da casa eram pobres de fazer pena. Nem um pedaço de pão tinham para os hóspedes. Jesus mandou Pedro buscar o saco que ficara com os mantimentos.

— Mestre, o saco está vazio.

— Homem de pouca fé, vai ver o saco.

São Pedro sabia que deixara o saco sem coisa nenhuma, mas foi. E encontrou duas cargas de farinha e de carne na porta.

São Pedro nestas histórias era um homem que só acreditava no que via e estava sempre levando carão de Nosso Senhor.

A velha Totonha sabia um poema a propósito do naufrágio do paquete *Bahia* nas costas de Pernambuco. Um náufrago contando o que vira do desastre:

Oh que dia de juízo!
Oh que dia de horror!
Só as pedras não choravam,
porque não sentiam dor...
Ó mestres e contramestres,
pilotos e capitão,
vamos ver nosso Bahia
se quer afundar ou não.

Incidente por incidente eram narrados nestes versos: meninos agarrados com as mães em pranto; um choro agoniado de gente que vai morrer; a água entrando por dentro do navio; uma velha se salvando num garajau de galinhas; um homem rico chamado Pataca Lisa correndo para dentro do camarote para buscar um pacote de dinheiro e não voltando mais; foi ao fundo com a sua riqueza. Todo o poema era uma abundância de detalhes. E na voz plástica da velha, a tragédia parecia a dois passos de nós. Ficava arrepiado com esse canto soturno. Vinha-me então um medo antecipado de embarcar em navios, pelo horror das cenas do naufrágio desse pobre *Bahia*.

Depois sinhá Totonha saía para outros engenhos, e eu ficava esperando pelo dia em que ela voltasse, com as suas histórias sempre novas para mim. Porque ela possuía um pedaço do gênio que não envelhece.

22

Restava ainda a senzala dos tempos do cativeiro. Uns vinte quartos com o mesmo alpendre na frente. As negras do meu avô, mesmo depois da abolição, ficaram todas no engenho, não deixaram a "rua", como elas chamavam a senzala. E ali foram morrendo de velhas. Conheci umas quatro: Maria Gorda, Generosa, Galdina e Romana. O meu avô continuava a dar-lhes de comer e vestir. E elas a trabalharem de graça, com a mesma alegria da escravidão. As suas filhas e netas iam-lhes sucedendo na servidão, com o mesmo amor à casa-grande e a mesma passividade de bons animais domésticos. Na rua a meninada do engenho encontrava os seus amigos: os moleques, que eram os companheiros, e as negras que lhes deram os peitos para mamar; as boas servas nos braços de quem se criaram. Ali vivíamos misturados com eles, levando carão das negras mais velhas, iguais aos seus filhos moleques, na partilha de seus carinhos e de suas zangas. Nós não éramos seus irmãos de leite? Eu não tivera estes irmãos porque nascera na cidade, longe da salubridade daqueles úberes de boas turinas. Mas a mãe de leite de dona Clarisse, a tia Generosa, como a chamávamos, fazia as vezes de minha avó. Toda cheia de cuidados comigo, brigava com os outros por minha causa. Quando se reclamava tanta parcialidade a meu favor, ela só tinha uma resposta:

— Coitadinho, não tem mãe.

Nós mexíamos pela senzala, nos baús velhos das negras, nas locas que elas faziam pelas paredes de taipa, para os seus cofres, e onde elas guardavam os seus rosários, os seus ouros falsificados, os seus bentos milagrosos.

Nas paredes de barro havia sempre santos dependurados, e num canto a cama de tábuas duras, onde há mais de um século faziam o seu coito e pariam os seus filhos.

Não conheci marido de nenhuma, e no entanto viviam de barriga enorme, perpetuando a espécie sem previdência e sem medo. Os moleques dormiam nas redes fedorentas; o quarto todo cheirava horrivelmente a mictório. Via-se o chão úmido das urinas da noite. Mas era ali onde estávamos satisfeitos, como se ocupássemos aposentos de luxo.

O interessante era que nós, os da casa-grande, andávamos atrás dos moleques. Eles nos dirigiam, mandavam mesmo em todas as nossas brincadeiras, porque sabiam nadar como peixes, andavam a cavalo de todo jeito, matavam pássaros de bodoque, tomavam banho a todas as horas e não pediam ordem para sair para onde quisessem. Tudo eles sabiam fazer melhor do que a gente; soltar papagaio, brincar de pião, jogar castanha. Só não sabiam ler. Mas isto, para nós, também não parecia grande coisa. Queríamos viver soltos, com o pé no chão e a cabeça no tempo, senhores da liberdade que os moleques gozavam a todas as horas. E eles às vezes abusavam deste poderio, da fascinação que exerciam. Pediam-nos para furtar coisas da casa-grande para eles: laranjas, sapotis, pedaços de queijo. Trocavam conosco os seus bodoques e os seus piões pelos gêneros que roubávamos da despensa. E nos iniciavam nas conversas picantes sobre as coisas do sexo. Por eles comecei a entender o que os homens faziam com as mulheres, por onde nasciam os meninos. Eram uns ótimos repetidores de história natural. Andávamos juntos nas nossas libertinagens pelo cercado. Havia um quarto dos carros onde iam ficando os veículos velhos do engenho. Dali fazíamos uma espécie de lupanar para jardim de infância. A nossa doce inocência perdia-se assim nessas conversas bestas, no contato libidinoso com os moleques da bagaceira. As negras, porém, nos respeitavam. Não abriam a boca para imoralidade na frente da gente. Estavam elas nas suas palestras de intimidade de cada uma, e mal nos viam mudavam de assunto. E no entanto recebiam os seus homens no quarto com os filhos. O meu primo Silvino nos contou um dia o que vira no quarto da negra Francisca:

— Zé Guedes numa cama de vara ringindo.

E todo ano pariam o seu filho. Avelina tinha filho do Zé Ludovina, do João Miguel destilador, do Manuel Pedro purgador. Herdavam das mães escravas esta fecundidade de boas parideiras. Eu vivia assim, no meio dessa gente, sabendo de tudo o que faziam, sabendo de seus homens, de suas brigas, de suas doenças.

No quarto da negra Maria Gorda não se podia entrar. Nunca conseguíamos nos aproximar desta velha africana. Ela não sabia falar, articulava uma meia-língua, e na hora do almoço e do jantar saía da loca pendida em cima de uma vara para buscar a ração. Gritava com os moleques e as negras, com aqueles beiços caídos e os peitos moles dependurados. Era de Moçambique, e com mais de oitenta anos no Brasil, falava uma mistura da língua dela com não sei o quê. Esta velha fazia-me medo. As fadas perigosas dos contos da sinhá Totonha tinham muito dela. O seu quarto fedia como carniça. Na noite de São João era na sua porta somente que não acendiam fogueira. O diabo dançava com ela a noite inteira. Eu mesmo pensava que a negra tivesse qualquer coisa infernal, porque nela nada senti, nunca, de humano, de parecido com gente. Todos na rua temiam a Maria Gorda. À tardinha sentava-se num caixão à porta de casa, para fumar o seu cachimbo de canudo comprido; mas ficava sozinha, resmungando ninguém sabe o quê.

A velha Galdina era outra coisa. Africana também, de Angola, andava de muletas, pois quebrara uma perna fazendo cabra-cega para brincar com os meninos. Fora ama de braço de meu avô, e todos nós a chamávamos de vovó. As negras queriam-lhe um bem muito grande. A tia Galdina era para elas uma espécie de dona da rua. Não se falava com ela gritando, e davam-lhe o tratamento de vossa mercê. Eu vivia em conversa com ela, atrás das suas histórias da costa da África. Viera de lá com dez anos. Furtaram-na do pai. Um seu irmão a vendera aos compradores de negros, e marcaram-na no rosto a ferro em brasa. Contava a sua viagem de muitos dias: os negros amarrados e os meninos soltos; de dia botavam todos para tomar sol onde viam o céu e o mar. Já estava contente com aquela vida de navio. O veleiro corria como o vapor na linha. E um dia chegaram em terra. Ela passou muito tempo ainda para ser comprada. Os homens que vinham queriam mais gente grande e molecas taludas.

A vovó contava que via almas, pássaros brancos batendo asas pelas paredes. Na viagem, estas almas, de noite, ficavam voando por cima dos negros amarrados. E nos ensinava uns restos de palavras que ela ainda sabia de sua língua. Na noite de Natal botavam os bois no carro para a velha Galdina ir ouvir missa no Pilar. E davam colchões velhos para a cama dela. Por qualquer coisa chorava como uma criança. Quando queriam pegar a gente para uma surra, era para junto dela que corríamos. Ela pedia pelos seus netos com os olhos cheios de lágrimas.

A velha Generosa cozinhava para a casa-grande. Ninguém mexia num cacareco da cozinha a não ser ela. E viessem se meter nos seus serviços, que tomavam gritos, fosse mesmo gente da sala. Tinha não sei quantos filhos e netos. Negra alta e com braços de homem, tirava uma tacha de doce do fogo, sem pedir ajuda a ninguém. Só falava gritando, mas nós tínhamos tudo o que queríamos dela. A negra Generosa era boa como os seus doces e as suas canjicas. Era só pedir as coisas no seu ouvido, e ela nos dar, sem ligar importância às impertinências da velha Sinhazinha.

— Quem quisesse mandar na cozinha que viesse para a boca do fogo.

E quando iam reclamar qualquer coisa, saía-se com quatro pedras na mão:

— Que se quisessem era assim. Tempos de cativeiro já tinham passado.

Distribuía com os moleques do pastoreador as rações de carne de ceará e farinha seca. E o fazia aos gritos, chamando "severgonho" a todos eles. Não se importavam, porém, com esta raiva da velha Generosa. Os moleques sabiam que o coração dela era um torrão de açúcar. Pois dava remédios para as suas tosses e as suas feridas, e remendava-lhes os farrapos das roupas.

A senzala do Santa Rosa não desaparecera com a abolição. Ela continuava pegada à casa-grande, com as suas negras parindo, as boas amas de leite e os bons cabras do eito.

23

DEPOIS DO JANTAR o meu avô sentava-se numa cadeira perto do grande banco de madeira do alpendre. O gado não havia chegado do pastoreador. Lia os telegramas do *Diário de Pernambuco* ou dava as suas audiências públicas aos moradores. Era gente que vinha pedir ou enredar. Chegavam sempre de chapéu na mão com um "Deus guarde a Vossa Senhoria". Queriam terras para botar roçados, lugar para fazer casas, remédio para os meninos, carta para deixar gente no hospital. Alguns vinham fazer queixa dos vizinhos.

— Não podiam ter um pau de roça, com os animais do outro destruindo. Os porcos andavam fossando os leirões de batatas e os filhos chupando as caninhas verdes. Não tinham mais paciência, vinham se queixar porque não queriam fazer uma desgraça.

— Vou mandar chamar aqui o Chico Carpina. Quero saber como isto é mesmo.

E ficavam pela banca conversando com as negras, contando dos seus aperreios à tia Maria, chamando-a para madrinha de mais um filho.

Outros vinham a chamado do meu avô. Porém tudo o que diziam dele era mentira. Nunca vendera um quilo de algodão na balança do Pilar. Nem estava criando animais de outros engenhos nos pastos da fazenda. Se fosse verdade podia tocar fogo nos seus troços e botar o gado dentro do seu roçado.

O meu avô chamava-os de ladrões, de velhacos e nem mostravam cara de aborrecidos. Parecia que aquelas palavras feias na boca do velho José Paulino não quisessem dizer coisa nenhuma. Muitos vinham arranjar carros do engenho para fazer mudanças, e alguns dar conta de suas meações com o senhor ou pagar o foro do ano. A todos o meu avô ia dando uma resposta ou passando uma descompostura, mas cedendo sempre no que eles pediam.

Uma vez chegou um homem de cara diferente. Estava ali para pedir a proteção do coronel. Tinha matado um sujeito no Oiteiro, e correra para se valer do meu avô. O velho quis saber do crime. Havia sido por questão de mulher.

— Vá se entregar ao delegado. Eu não acoito criminoso. Se matou com razão vai para a rua. Aqui não quero que fique. No júri protejo. Entregue-se à justiça. Conte a sua história ao juiz. No meu engenho nunca protegi criminoso. Quando a gente está de cima, muito bem. Caiu, lá vem a polícia cercando a propriedade. Não estou para isto. Outro dia o tenente Maurício entrou nas terras do Quincas do Jatobá para prender um criminoso, e surrou uns moradores que nada tinham com o fato.

Pela estrada iam passando os matutos que voltavam das feiras. Nas terças, em Itabaiana, aos sábados, no Pilar. O meu avô chamava-os para saber quanto dera a cuia de farinha ou a arroba de algodão. Davam notícia de tudo – do preço dos gêneros e dos boatos que corriam:

— Feijão-verde de graça, de fazer lama. O coronel Nô Borges vai cair na política. A polícia está prendendo o povo do doutor Odilon. Os matutos não podem mais entrar de camisa por fora das calças nas ruas, nem estalar o chicote tangendo os animais. Tem descido muito gado magro do sertão. A carne de sol a dois e oito. O doutor Ribeirinho comprou duzentas reses para a solta. Feira ruim, a do Pilar. O povo anda com medo de Antônio Silvino. Mataram somente dois bois, e sobrou carne no açougue.

E com pouco mais apontava o gado chegando do pastoreador. O meu avô levantava-se para ver de perto as vacas e os bois de carro de barriga cheia. Indagava aos moleques em que pasto estiveram. Mandava curar as bicheiras dos animais. Havia sempre um boi ladrão chegando fora de hora.

24

— Amanhã vamos passar o dia no Oiteiro.

Fui dormir assim com a viagem na cabeça. Estes passeios a outros engenhos de bem perto eu os fazia com alegria, de todo o coração.

De manhã bem cedo já estávamos prontos, com o carro de boi na porta. Cobriam o carro com uma esteira de piripiri e forravam as tábuas de sua mesa com um colchão. Era a nossa carruagem ronceira, mas segura. O carreiro Miguel Targino, grande e agigantado como um são Cristóvão, capaz de tirar sozinho o seu carro de um valado, já estava de vara e macaca, esperando o povo para a viagem. Quando a família saía a passeio, chamava-se ele para carrear. Todos os seus irmãos eram mestres carreiros: Chico, João e Pedro Targino. Ele, porém, fazia os serviços da casa-grande. O gado na sua mão não apanhava, e ele não ficava sentado na mesa, deixando o carro ao deus-dará. Nunca dera uma virada. Punha-se de vara na mão chamando os bois de cambão para os atalhos, desviando as rodeiras das pedras da estrada:

— Ei, Labareda! Ei, Medalha!

E nós saíamos para a grande viagem, com a gente grande sentada e os meninos dependurados pela mesa do carro, pedindo de quando em vez a Miguel Targino a macaca para tanger os bois do coice. Chamavam-se Medalha e Javanês os do coice, grandes e largos para bem aguentarem o peso e sustentarem as manobras; Estrela e Labareda os do cambão, pequenos e de pescoços compridos, ágeis, os verdadeiros motores do carro. Para estes a vara de ferrão, e a macaca para os do coice. E eles todos atendiam à voz do carreiro. Quando o Miguel Targino fazia um "ô" descansado, os do coice enterravam os pés na areia, e ninguém arrastava o carro dali. E com um "ei, Labareda", de ordem, os do cambão espichavam o pescoço na canga, e lá ia o carro andando.

Ainda tudo estava escuro com a madrugada. A névoa dos altos chegava até os cajueiros. Tudo parecia branco daquele lado, como grandes paióis de algodão. Pelo curral começavam a tirar o leite; ouvia-se o bate-boca dos moleques na manjedoura. Mas o carro já deixara o cercado do engenho, ganhava a estrada de São Miguel. Vinham cargueiros com sacos brancos de farinha e caçuás cheios de louças de barro para a feira do Pilar. O chicote deles estalava naquele silêncio bom da madrugada. Passava-se por casas de moradores ainda com as portas fechadas; os homens, nus da cintura para cima, já estavam olhando o tempo, enquanto os meninos e a mulher se encolhiam no pobre quente das camas de varas. Os bogaris das biqueiras cheiravam no ar frio. Galinhas empoleiradas em pés de pau, com preguiça de deixar o seu sobrado de galhos. Mais adiante o sol espelhava pelos partidos, esquentando a folha da cana ainda pingando de orvalho. As casas dos moradores abertas, de porta e janela, com a família inteira no terreiro tomando o seu banho de sol, de graça. Às vezes o carro parava para minha tia falar com as comadres, que vinham alegríssimas dar duas palavras com a senhora. E os meninos de camisa comprida tomando a bênção à madrinha.

— Deus te abençoe.

E eram mesmo abençoados por Deus, porque não morriam de fome e tinham o sol, a lua, o rio, a chuva e as estrelas para brinquedos que não se quebravam.

Depois o carro saía – e a casa toda ficava nos olhando até dobrar na curva da estrada. Botavam sabão nos cocões, que começavam a chiar. Carro levando gente não cantava: rodava mudo pelos caminhos. Agora batia-se a porteira do Engenho Maravalha. A estrada passava roçando a casa-grande.

— É carro do Santa Rosa.

E corriam as primas para falar com a tia Maria.

Deviam se apear. Tomar café. Chegariam no Oiteiro muito cedo.

Perguntavam por tudo. E a tia Neném, magrinha, querendo saber de José Paulino e por que não viera a Sinhazinha. Falavam ao mesmo tempo. Mas tia Maria saltaria na volta. E o carro partiu, com promessas de que à noitinha ficaríamos em Maravalha para a ceia.

O Oiteiro estava bem perto. Passávamos já pelo balde do açude, coberto de folhas de baronesa. E via-se o sobrado branco aparecendo com os pilares de seu alpendre. Os moleques abriam a porteira para o carro. O povo da casa corria para nos receber. Era uma festa da cozinha à sala de visitas. Levaram a tia Maria para mudar o vestido da viagem. Ofereciam roupas de casa para vestir, davam aos meninos fofas dos outros. As negras do Santa Rosa todas metidas no seu vestido de recepção, em conversas pela cozinha.

Para nós o Oiteiro tinha muito que ver. O senhor de engenho de lá, um primo do meu avô, o coronel Lola, morrera deixando um palácio para os seus. Era a melhor casa de morada da ribeira do Paraíba. Tinha água encanada até na horta. E banheiro de torneira para os criados. O engenho bem tratado, com um sobradinho de varanda para se olhar o serviço.

O dia que passávamos ali anoitecia depressa. Em cima do sobrado um corta-vento puxava água para os tanques da serventia. Para mim, aquele ruído do moinho, o batuque compassado dos canos, parecia uma música.

Nós mexíamos por todos os canos, com a liberdade que a cerimônia dava às visitas. E os meus primos pequenos de lá abriam-se em gentilezas. Não ficava nada que não víssemos. Havia uma caixa de música, com uns cilindros cheios de espinhos, que me deslumbrava com o *Trovador* e o *Carnaval de Veneza*. O meu grande número de concerto era o *Trovador*. Aquela monotonia de canto de igreja tocava a minha precoce melancolia. Pensava sempre em minha mãe diante de qualquer coisa triste da vida. Esta lembrança vinha-me acompanhando em todos os caminhos da minha sensibilidade em formação.

25

Era um menino triste. Gostava de saltar com os meus primos e fazer tudo o que eles faziam. Metia-me com os moleques por toda parte. Mas, no fundo, era um menino triste. Às vezes dava para pensar comigo mesmo, e solitário andava por debaixo das árvores da horta, ouvindo sozinho a cantoria dos pássaros.

O meu esporte favorito concorria para estes isolamentos de melancólico. Eu andava pegando pássaros no alçapão. E, escondido, passava horas inteiras na expectativa do sucesso. Via o canário chegar, pousar em cima da gaiola, trocar suas carícias com o prisioneiro, lastimar a sorte daquele pobre amigo, e depois subir para o alçapão armado, fitar o milho dentro da armadilha, demorar um bocado, na indecisão de quem vai dar um grande passo na vida, e cair na cadeia. Mas isto demorava horas a fio. Muitos chegavam, examinavam tudo, punham o bico quase dentro do alçapão, e iam-se embora, bem senhores do que se preparava para eles. Enquanto os canários vinham e voltavam, eu me metia comigo mesmo, nos meus íntimos solilóquios de caçador. Pensava em tanta coisa... E um rastejar de calangro nas folhas secas fazia um ruído de coisa grande bulindo.

Pensava então naquilo que junto de gente eu não podia pensar. Já estava no engenho há mais de quatro anos. Mudara muito desde que viera de Recife.

— Para o ano – diziam – iria para o colégio.

E o que seria esse colégio? Os meus primos contavam tanta coisa de lá, de um diretor medonho, de bancas, de castigos, de recreios, de exercícios militares, que me deixavam mesmo com vontade de ir com eles. Mas o engenho tinha tudo para mim. Tia Maria tomava conta de mim como se fosse mãe. E a lembrança de minha mãe enchia os meus retiros de cinza. Por que morrera ela? E de meu pai, por que não me davam notícias? Quando perguntava por ele, afirmavam que estava doente no hospital. E o hospital ia ficando assim um lugar donde não se voltava mais. Via gente do engenho que ia para lá, com carta do meu avô, não retornar nunca. E as negras quando falavam do hospital mudavam a voz: "Foi para o hospital". Queriam dizer que foi morrer.

Tinha um medo doentio da morte. Aquilo da gente apodrecer debaixo da terra, ser comido pelos tapurus, me parecia incompreensível. Todo mundo tinha que morrer. As negras diziam que alguns ficavam para semente. Eu me desejava entre estes felizardos. Por que não podia ficar para semente? Dentro de um navio, enquanto o mundo todo se acabasse. E nesse barco eu me via cercado de tudo que era bicho, e a minha tia Maria, a negra Generosa, a vovó Galdina, o meu avô, tudo que me amava estaria comigo. Esta horrível preocupação da morte tomava conta da minha imaginação.

Uma ocasião estava morrendo no engenho um trabalhador. Levaram-me para vê-lo, estendido na esteira, com a boca meio aberta, arquejando. O homem estava na hora da morte. Aquele rosto lívido e molhado, aqueles olhos revirando, e a boca caída não me fizeram dormir à noite. Acordei aos gritos, com o homem do engenho perto de mim.

— Não deviam ter levado este menino para ver essas coisas!

E a morte deixou essa imagem gravada em minha memória. Vira também a prima Lili no seu caixãozinho de rosas. Mas não parecia morta a minha pobre prima. Ela fora assim mesmo em vida, tão branca, que morta mudara pouco.

O homem do engenho não me deixava ficar sozinho no escuro. Era ele que eu via quando se apagava a luz para dormir. E só podia dormir com uma pessoa junto de mim. Fiquei um menino medroso. De dia, porém, esperando os meus canários, amava a solidão. Era ela que deixava falar o que eu guardava por dentro – as minhas preocupações, os meus medos, os meus sonhos. O mundo de um menino solitário é todo dos seus desejos. Tudo eu queria ter nesses meus retiros: o tesouro da história de Trancoso, o cavalinho de sela, aquela vara mágica das fadas, que virava em tudo que a gente quisesse. Eu desejava também que a velha Sinhazinha morresse. Então começava a ver a minha inimiga trucidada, com os cavalos desembestados puxando-lhe o corpo pelos espinhos.

Sentia um prazer sem limites quando me caía um canário no alçapão. Não ia para o almoço, entretido com a gaiola da chama. Procuravam-me por toda parte. Minha tia Maria ameaçava de soltar tudo quanto era passarinho.

— Nem come mais, só pensando em canários...

Absorvia-me inteiramente com o esporte cruel. Deixava os moleques e os primos para um canto. Mas os meus canários não cantavam. Via-os soltos, com trinados de estalos, dando os seus concertos nos galhos das árvores. Nas gaiolas, irremediavelmente mudos. Faziam greve contra mim. Tratava deles com cuidados maternos. Limpava-lhes as gaiolas, pisava-lhes milho – e nada, calados de vez. Dependurava-os então pelos pés de pau, para ver se os enganava com esse contato com os palcos dos seus dias de festa. E mudos sempre. Os meus pássaros só trabalhavam ao bom preço da liberdade.

As negras me ameaçaram:

— Judiar com passarinho bota as pessoas pro inferno, menino. Deus Nosso Senhor fez os pássaros foi pra cantar no mato, soltinhos.

Porém os grandes dias de glória da minha infância me deram o meu alçapão, escancarado aos ingênuos canários do Santa Rosa.

26

Eu ficava com os mestres de ofício vendo os seus trabalhos. Os tanoeiros com as formas e as cubas, os carpinas com as rodas de carro ou lavrando as cumeeiras. A enxó descascava os paus-d'arco, e as plainas iam aos poucos desbastando, alisando as tábuas de cedro. Seu Firmino carpina, Pixito tanoeiro, seu Rodolfo mecânico tomavam conta da casa do engenho na vaga da safra. Tiravam os seis meses de inverno raspando madeira e batendo ferro. Gostavam de mim. Mexia nos seus instrumentos, e nem se importavam com as minhas travessuras.

O que, porém, mais me prendia aos meus amigos eram as suas conversas e confissões. O seu Rodolfo sabia de muita coisa. Vivia consertando engenhos desde menino. E de toda a parte trazia uma história. Trabalhara para um marinheiro no Engenho do Meio, para o major Ursulino do Itapuá, para o doutor Pedro do Miriri. Os negros de Ursulino toda manhã levavam uma chibatada, na porta da senzala, para esquentar o corpo. O marinheiro dormia na rede, com a garrafa de cana nos braços. A destilação do engenho só trabalhava para a gente da casa-grande. E o seu Rodolfo falava também de mulheres. Quando estivera no Jaburu, apanhara uma carga de gálico que lhe deixara o corpo numa chaga. O mestre Firmino parava com o serviço para ouvir o fim da história.

Eu passava o dia inteiro rondando os oficiais nas suas confidências. Contavam a história de uns carpinas num engenho do Brejo.

— O senhor de engenho só mandava para eles bacalhau, na janta e no almoço. Passavam o dia inteiro bebendo água com a boca seca. Um dia um deles disse para o negro que não gostava de bacalhau, que não aguentava mais aquilo. No outro dia o tabuleiro com a comida chegou: era peru. E peru de tarde. E a semana toda, peru. Num domingo, o mestre saiu para dar umas voltas nos arredores. Viu um negro com uma porção de urubus nas costas:

— O que é isto, moleque?

— É peru pros carpinas.

Os oficiais anoiteceram e não amanheceram na propriedade. E rebentou ferida pelo corpo deles. Estiveram para morrer um tempão.

— O velho Duda do Riachão não gostava de mulheres. Uma filha fugira com um cambiteiro. Casou a segunda vez. E sempre que a mulher estava para dar à luz, ficava o velho beirando o quarto. Chorava menino lá dentro. Batia na porta para a parteira, sabendo do sucedido. E se a notícia era ruim, o velho Duda só fazia dizer: "Acabai com ela".

— O capitão Quincas, irmão do velho José Paulino, tinha uma mulher chamada Calu. Morava no sítio de sinhá Germínia. Era uma cabrocha bonita. Ele tirara a menina da família dum morador do Maravalha. Da irmandade, o capitão Quincas parecia o mais genista. O seu tio, Manuel César do Taipu, tinha fama de brabo. Falava gritando com todo mundo. Uma vez umas bestas do Santa Rosa fugiram para o engenho dele. O velho Manuel César mandou botar os animais na almanjarra de manhã à noite. Os bichos estavam comendo grosso. Ninguém no Santa Rosa tinha coragem de ir buscar. O coronel José Paulino respeitava o tio. Tinha medo. O capitão Quincas quando soube, saiu. Entrou no engenho adentro, parou a moagem e cortou os arreios da almanjarra. O velho Manuel César comeu calado o atrevimento. Era assim o irmão mais moço do coronel.

Pois bem, a cabrocha dera corda ao feitor. O homem

soube da coisa. Um dia, estavam na planta da cana, aqui, dos cajueiros. A escravatura no eito. O feitor Salvino de lado. O capitão chamou o cabra para perto dele. Os negros levantaram a cabeça do serviço. "Cabra atrevido!" E o rebenque cortou o rosto. Pegaram-se os dois por cima das canas-verdes. Rolaram no chão. Brigaram muito. Os negros correram. O capitão Quincas ficara estendido com uma facada no vão esquerdo. O cabra se entregou. Quiseram matá-lo de peia. O coronel mandou pra cadeia. O partido dele estava de baixo, e no júri foi um serviço. O velho Manuel César protegia o assassino do sobrinho. Estava se vingando da afronta. O povo do Santa Rosa vendia o engenho, mas o cabra não saía livre. Pegou trinta anos em Fernando.

Na hora do almoço vinham chamar os mestres. Na mesa nem pareciam aqueles das histórias: todos calados, de cabeça baixa, comendo. Ficava a olhar para eles, naquela boa humildade de seus modos. No fim da mesa, parece que nem ouviam o que se falava. Eram surdos-mudos para as conversas da casa-grande.

Aquele irmão mais moço do meu avô passava para a galeria dos meus heróis. O velho José Paulino governava os seus engenhos com o coração. Nunca o vi com armas no quarto. Umas carabinas que guardava atrás do guarda-roupa, a gente brincava com elas, de tão imprestáveis. Eu queria um senhor de engenho que protegesse assassinos, que tivesse guarda-costas, gente no rifle. Ouvia falar no doutor Quincas do Engenho Novo, num seu Né do Cipó Branco que, com cabras armados, arrombara a cadeia para tirar um protegido das grades. Estes sim, que eram senhores de engenho de verdade. Quando chegavam os parentes do Itambé, o seu Álvaro da Aurora, o Manuel Gomes do Riacho Fundo, com os filhos pequenos de botas e faca no colete, me punha a admirá-los como os meus grandes modelos. Meu avô falava das eleições da monarquia, dentro das igrejas. Os senhores de engenho iam até as armas, nas disputas. Brigavam pelos seus partidos, profanavam os templos de Deus, arrombando urnas e queimando atas. No Brejo de Areia, Félix Antônio levantou o povo contra o governo. De Goiana saiu um exército para atacar o Recife. Os senhores de engenho iam na frente com os seus negros. Mas o velho José Paulino não era homem para tais coisas. Ele era temido mais pela sua bondade. Não havia coragem que levantasse a voz para aquela mansa autoridade de chefe. Não tinha adversários na sua comarca. Os seus inimigos eram mais de sua família do que dele. Herdara-os com o Santa Rosa. O meu grande senhor de engenho teria outro tipo. O irmão que morrera brigando, o capitão Quincas Vieira, esse sim, eu quisera que vivesse, para o gozo da minha vaidade.

27

Até que afinal conseguira o meu carneiro para montar. Vivia a pedi-lo ao tio Juca, ao primo Baltasar do Beleza, a todos os parentes que tinham rebanho. Um dia chegou um carneiro para mim. Já vinha manso e era mocho. Carneiro nascido para montaria. Chamava-se Jasmim. Via chegar ao engenho os meninos do Zé Medeiros, do Pilar, cada um no seu carneiro arreado, esquipando pela estrada. E uma grande inveja enchia o meu coração.

Comecei então a alimentar o sonho de ser dono também de um cavalinho daquele. E um sonho de menino é maior que de gente grande, porque fica mais próximo da realidade.

O meu tomara conta de todas as minhas faculdades. E de tanto pedir, eu entrara na posse do objeto sonhado. Já tinha o meu carneiro Jasmim. Faltavam-me a sela e os arreios. Sonhei também noites inteiras com o meu corcel todo metido nos seus arreios de luxo. Queria-os, e, por fim, mandaram fazê-los em Itabaiana.

Os canários do Santa Rosa iriam cantar sem a sedução da minha armadilha escancarada. Era todo agora para o meu carneiro chamado Jasmim. Conduzia-o de manhã para o pasto, levava água fria para ele beber, dava-lhe banho com sabonete, penteava-lhe a lã. E à tardinha saía para os meus passeios. Esses passeios, sozinho, pela estrada, montado no meu Jasmim penteado, arrastava-me aos pensamentos de melancólico. Deixava a dócil cavalgadura a rédeas soltas, e fugia para dentro do meu íntimo. Pensava em coisas ruins – no meu avô morto, e no que seria do engenho sem ele. Ouvia sempre dizer:

— Quando o velho fechar os olhos, quem vai sofrer é a pobreza do Santa Rosa.

E esta ideia da morte do velho José Paulino dominava as minhas cogitações. Quem tomaria conta do Santa Rosa, quem pagaria os trabalhadores?

O carneirinho, com o passo miúdo, andava os meus caminhos, e eu nem os olhava, embebido que estava nos meus pensamentos. Pensava muito em minha tia Maria. Ela estava se preparando para casar com o seu primo do Gameleira. Não sei quantas costureiras cosiam as suas camisas e as suas saias brancas. Bordavam letras nas fronhas. E ela comprava as rendas da terra que apareciam. Havia na horta um jirau com craveiros trabalhando para o dia do casamento. Ia-se embora a minha grande amiga. Mas um incidente qualquer me arrancava dessas cogitações. E começava a ver a estrada de verdade.

O Jasmim sabia andar os seus caminhos com segurança, conhecia os atalhos e os desvios das poças d'água. Eu parava quase sempre pela porta dos moradores. As mulheres sem casaco, quase com os peitos de fora, faziam renda sentadas pelos batentes. Os filhos corriam para ver o meu carneiro e pediam uma montada. Ficava brincando com eles, misturado com os pequenos servos do meu avô, com eles subindo nas pitombeiras e comendo jenipapo maduro, melado de terra, que encontrávamos pelo chão. Contavam-me muita coisa da vida que levavam, dos ninhos de rola que descobriam, dos preás que pegavam para comer, das botijas de castanha que faziam. Muitos deles, amarelos, inchados, coitadinhos, das lombrigas que lhes comiam as tripas. As mães davam-lhes jaracatiá, e eles passavam dias e dias obrando ralo como passarinho. Cresciam, e eram os homens que ficavam de sol a sol, no eito puxado do meu avô. As mulheres perguntavam pelas coisas do engenho, queriam saber de tudo: do casamento de minha tia, da saúde de todo mundo. E quando eu pedia água para beber, iam arear o caneco de flandres, para me darem a água barrenta de seu gasto. Na volta não se esqueciam das lembranças, dos remédios que a tia Maria prometera. E me entregavam pacotes de renda:

— Diga à Maria Menina que é para o enxoval dela.

E também plantavam craveiros pensando no dia do casamento da filha do senhor de engenho.

O sol já quase escondido, nas minhas caminhadas de volta. Por debaixo das cajazeiras, o escuro frio da noite próxima. O carneiro corria. E o medo daquele silêncio de fim de dia, daquelas sombras pesadas, fazia-me correr depressa com o meu corcel. Trabalhadores, de enxada no ombro, vinham do serviço para casa. Conversavam às gaitadas, como se as doze horas do eito não lhes viessem pesando nas costas.

28

O SANTA FÉ FICAVA encravado no engenho do meu avô. As terras do Santa Rosa andavam léguas e léguas de norte a sul. O velho José Paulino tinha este gosto: o de perder a vista nos seus domínios. Gostava de descansar os olhos em horizontes que fossem seus. Tudo o que tinha era para comprar terras e mais terras. Herdara o Santa Rosa pequeno, e fizera dele um reino, rompendo os seus limites pela compra de propriedades anexas. Acompanhava o Paraíba com as várzeas extensas e entrava de caatinga adentro. Ia encontrar as divisas de Pernambuco nos tabuleiros de Pedra de Fogo. Tinha mais de três léguas, de estrema a estrema. E não contente de seu engenho possuía mais oito, comprados com os lucros da cana e do algodão. Os grandes dias de sua vida lhe davam as escrituras de compra, os bilhetes de sisa que pagava, os bens de raiz, que lhe caíam nas mãos. Tinha para mais de quatro mil almas debaixo de sua proteção. Senhor feudal ele foi, mas os seus párias não traziam a servidão como um ultraje. O Santa Fé, porém, resistira a essa sua fome de latifúndios. Sempre que via aqueles condados na geografia, espremidos entre grandes países, me lembrava do Santa Fé. O Santa Rosa crescera a seu lado, fora ganhar outras posses contornando as suas encostas. Ele não aumentara um palmo e nem um palmo diminuíra. Os seus marcos de pedra estavam ali nos mesmos lugares de que falavam os papéis. Não se sentiam, porém, rivais o Santa Fé e o Santa Rosa. Era como se fossem dois irmãos muito amigos, que tivessem recebido de Deus uma proteção de mais ou uma proteção de menos. Coitado do Santa Fé! Já o conheci de fogo morto. E nada é mais triste do que um engenho de fogo morto.

Uma desolação de fim de vida, de ruína, que dá à paisagem rural uma melancolia de cemitério abandonado. Na bagaceira, crescendo, o mata-pasto de cobrir gente, o melão entrando pelas fornalhas, os moradores fugindo para outros engenhos, tudo deixado para um canto, e até os bois de carro vendidos para dar de comer aos seus donos. Ao lado da prosperidade e da riqueza do meu avô, eu vira ruir, até no prestígio de sua autoridade, aquele simpático velhinho que era o coronel Lula de Holanda, com o seu Santa Fé caindo aos pedaços. Todo barbado, como aqueles velhos dos álbuns de retratos antigos, sempre que saía de casa era de cabriolé e de casimira preta. A sua vida parecia um mistério. Não plantava um pé de cana e não pedia um tostão emprestado a ninguém.

— Coitado do Lula – diziam os senhores de engenho em suas conversas. — Atrasou-se.

E o seu engenho perdera até o nome bonito, chamavam-no somente de engenho do seu Lula. Diziam, então, que ele vivia de uma botija que arrancara ao avô. As suas visitas ao Santa Rosa eram sempre de cerimônia. Tiniam na estrada as campainhas, e lá vinha o seu Lula com a família, com os cavalos magros de sua carruagem. Iam sempre para a sala de visitas, numa distância de estranhos que se encontrassem pela primeira vez. Neném do seu Lula, a sua filha, educara-se nos colégios de Recife. Falava diferente do meu povo. Eu olhava para ela, sentindo uma criatura que nunca tinha visto. Sentava-se como se estivesse de castigo, sem um movimento de vida, numa posição só, desde que entrava até que saía. E dona Amélia, pequenina, petrificara-se também, na etiqueta. Sabia tocar piano, casara-se com o coronel Lula de Holanda, no Recife.

Para o Santa Rosa, a visita dessa gente educada demais

se tornava um suplício. A minha tia Maria nem tinha mais conversa. Os assuntos todos tinham ido embora. Ficávamos então calados, a olhar um para o outro, até a noitinha, quando saíam. Nós nos interessávamos pelo cabriolé. As histórias de Trancoso falavam muito das carruagens. E sinhá Totonha nos contava os seus romances, com princesas que andavam pelas estradas reais, em carros que tiniam as campainhas como o de seu Lula. Maria Borralheira perdera um sapato descendo duma carruagem daquelas.

Passava pelo Santa Fé, quando ia para a escola. A mesma tristeza, todas as manhãs e todas as tardes. O mato tomando conta do engenho. E a várzea com ressocas acanhadas, uns restos de cana que o tempo ia deixando viver, no meio do pasto grande. As casas dos moradores, caindo. Morava numa melhor o velho José Amaro sapateiro, que não plantava nada. Eu via o seu Lula na porta. Não tirava a gravata do pescoço. Mandava parar o cavalo para saber notícias do coronel José Paulino. Muito solene, muito parecido com aqueles senhores arruinados da Califórnia, que a gente vê no cinema, com os americanos tomando conta das terras deles.

Corriam histórias da casa de seu Lula: o povo de lá não comia, as negras viviam de jejum; uma lata de manteiga era para um mês; as vacas trabalhavam nos carros de boi. E ele tinha dinheiro de ouro enterrado. Quando se ia a pé para o Pilar, via-se pela faxina de sua horta uma sua irmã maluca, dona Olívia, andando de um lado para outro, falando só. Com os cabelos todos brancos e soltos, nunca vi uma imagem tão pungente da dor. Não me contavam nada de sua vida. Parecia mesmo que não tinha história.

O meu avô olhava para o seu vizinho com certo respeito. Dava lhe a presidência da Câmara, como se quisesse corrigir com honrarias aquela crueldade do destino. Os moleques me contavam que o primeiro nome do Santa Fé fora Pegue Aqui Por Favor. O pai do seu Lula era um unha de fome. Levantara o engenho com o povo que passava na estrada. Pegue Aqui Por Favor e ia levantando a cumeeira, cobrindo a casa. E por isto ninguém ali ia para a frente.

Aquele destino sombrio me preocupava. Nas visitas ao Santa Fé demorava-me a olhar os quadros, os candeeiros bonitos, os tapetes, os móveis ricos de lá. Havia sempre uma nobreza naquela ruína. Dona Amélia tocava piano, e a conversa era sempre de cerimônia. A doida às vezes aparecia sentada num canto, olhando-nos de longe, com a boca bulindo, como se comesse as palavras. Ouvia-se um sussurro de todo aquele cochichar com o desconhecido.

Uma noite bateram à porta do engenho. Era uma carta do seu Lula chamando o meu avô com urgência. Depois se soube. O velho estava dentro de casa como um leão enfurecido. Um doutor Luís Viana queria roubar-lhe a filha. Dois negros com espingarda de caçar passarinho e o seu Lula de clavinote. A casa toda escorada de tranca. A filha e a mulher chorando no santuário. Tinha pegado uma carta combinando uma fugida. E dali a filha não saía, com ele vivo. Tudo aquilo, porém, era mais de sua imaginação. Ninguém queria roubar dona Neném. Isso só serviu para a mangação da cabroeira. Fizeram até versos com o roubo da moça.

Seu Lula falava em voz alta, repetindo as palavras com um “já ouviu?” autoritário, no fim. Dizia uma mesma coisa duas, três vezes. De tarde aparecia para conversar com o velho José Paulino. Eu ficava ouvindo o que ele dizia. O meu avô só fazia escutar. O seu vizinho sabia muita coisa mais do que ele.

— Pobre do Lula – dizia quando lhe vinham contar histórias do seu amigo.

E o açúcar subia e o açúcar descia – e o Santa Fé sempre para trás, caminhando devagar para a morte, como um doente que não tivesse dinheiro para a farmácia.

29

Já estava maior, quando comecei a sofrer de puxado. Uma moléstia horrível que me deixava sem fôlego, com o peito chiando, como se houvesse pintos sofrendo dentro de mim. Tenho uma impressão de terror das minhas noites de asmático, dos meus dias compridos em cima da cama, dos vomitórios abomináveis que me davam. Eram acessos de mais de três dias. Depois a convalescença, sem poder pisar no terreiro, sem ir ao alpendre por causa do mormaço, do sereno, dos chuviscos. Não comia frutas, não tocava em coco, assavam-me a cana para chupar, num resguardo rigoroso de mulher parida. Mandavam ao meu quarto, para brincar comigo, os moleques menores, mas eles se enjoavam daquela companhia de enfermo e me deixavam sozinho, me abandonavam. E, sozinho, começava a vencer o tempo com as minhas cismas de menino.

Os primos tinham chegado do colégio, mudados, nos primeiros dias.

— Menino só endireita no colégio – era como todo mundo julgava essa cura milagrosa.

Com pouco mais voltaram a ser os mesmos diabos de antigamente.

O engenho estava moendo. Do meu quarto ouvia o barulho da moenda quebrando cana, a gritaria dos cambiteiros, a cantiga dos carros que vinham dos partidos. A fumaça cheirosa do mel entrava-me de janela adentro. O engenho todo na alegria rural da moagem. E o diabo daquele puxado tomando-me a respiração, deixando-me sem ar e com gosto amargo na boca.

Olhava para as réstias que as telhas de vidro espalhavam pelo quarto. Elas iam fugindo devagarinho, até subirem pelas paredes, redondas ou ovais, e, enfim, desapareciam, quando não havia mais sol no telheiro. Às vezes vinham de cima, como uma flecha, e se enfincavam num canto. Eu tinha visto esse jato de luz nas estampas do santuário. Diziam que era o Espírito Santo entrando em Nossa Senhora. O Menino Jesus havia saído dessa réstia de sol vinda do céu. Jesus viera do céu, mas os outros meninos não seriam como ele. Eram os homens que faziam os meninos. Tudo igual ao que a gente via nos cercados.

O meu avô passava no meu quarto para me ver: não tinha febre, dizia, e ia-se embora. A febre, para ele, era o grande mal, e o seu grande remédio as lavagens. As moléstias do engenho tinham o seu diagnóstico e a sua medicina certa: sarampo, bexiga doida, papeira, sangue-novo. Saindo dali era febre. O velho José Paulino tratava de tudo, fazia sinapismos de mostarda, dava banhos quentes, óleo de rícino, jacaratiá para vermes. Curava assim os negros, os netos, os trabalhadores. E lancetava furúnculos. Uma vez um carro de boi passara por cima do pé de um carreiro, esmigalhando o dedo. O meu avô cortou à tesoura aquele pedaço de carne dependurada, botou tintura de jucá na ferida e amarrou com tiras de camisa velha o pé do Chico Targino. Para o meu puxado prescreviam vomitórios de cebolas-cecém. A minha tia Maria ficava comigo enquanto eu me extenuava nos vômitos desesperados. O puxado, porém, só passava no seu tempo. Piava no peito até quando bem quisesse.

As noites pareciam-me uma eternidade. Ficava acordado na ânsia miserável do acesso, horas seguidas, de olhos fechados, com o meu medo do escuro. Depois via a madrugada entrando pelas telhas-vãs do quarto, e ouvia os passos de meu avô andando pela calçada, para o seu banho frio das quatro horas. O rumor do curral, o apito do engenho chamando o povo para o trabalho, me pareciam uma novidade de todos os dias. Mais tarde os pássaros cantavam as suas matinas no gameleiro.

Essas noites de puxado envelheciam a minha meninice, mas obrigavam os meus olhos cansados da escuridão a esperarem extasiados as madrugadas. Quando o sol se abria, chegavam as réstias no meu quarto. Havia mesmo uma em cima de minha cama, bem redonda, junto dos meus travesseiros. Botava as mãos para lhe sentir a quentura, e via as nuvens passando por ela às carreiras ou devagar. Devagarinho lá iam deixando o meu leito de doente; faziam apenas uma visita ao enfermo, e já estavam com a metade pela barra da cama, e caíam no chão, onde se iam arrastar o dia inteiro.

Eu entretinha o meu puxado com esse cinema, em que o sol e as nuvens faziam-se de artistas.

30

O QUARTO DO MEU tio Juca vivia trancado de chave o dia inteiro. Ali só entrava a negra que lhe fazia limpeza e mudava as roupas da cama. Mas quando aos domingos descansava na sua grande rede do Ceará, de varandas arrastando no chão, eu ia ter com ele. O meu tio me punha ao seu lado, fazia brincadeiras comigo. Era o único sobrinho com quem se dava de intimidade. Ele tinha muita coisa para me mostrar: os seus álbuns de fotografias, os seus livros de muitas gravuras, o *Malho*, que assinava, cheio de gente de cara virada pelo avesso. Lia as histórias todas do *Malho,* com retratos dos políticos e com um Zé-Povo que tinha resposta para tudo.

— Ali não bula – me dizia, quando eu tocava por acaso num pacote embrulhado em cima da cômoda.

Num dia em que ele me deixou sozinho, corri sôfrego para o objeto da proibição; uma coleção de mulheres nuas, de postais em todas as posições da obscenidade. Não sei para que meu tio guardava aquela nojenta exposição de porcarias. Sempre que sucedia ficar sem ele no quarto, era para os postais imundos que me botava. Sentia uma atração irresistível por aquelas figuras descaradas de meu tio Juca.

Uma vez em que ele se demorou mais tempo, por não sei onde, entretive-me com as gravuras muito tempo. O meu tio pegou-me de surpresa com o pacote na mão. Botou-me para fora do seu quarto. Eu não era digno da sua intimidade, dos segredos de sua alcova. Mas ficava-me de seus aposentos uma saudade ruim daquelas mulheres e daqueles homens indecentes.

31

UM MOLEQUE CHEGOU GRITANDO:

— O partido da Paciência está pegando fogo!

Tinha sido faísca do trem, na certa.

O povo todo correu para lá, com enxadas, foices, pedaços de pau. Via-se o fumaceiro do outro lado do rio, tomando o céu todo.

— Mande chamar o pessoal do eito – gritava o meu avô.

E com pouco mais chegavam os cabras em disparada, para os lados do partido. O fogo ganhava o canavial com uma violência danada. As folhas da cana estalavam como taboca queimando. Parecia tiroteio de verdade.

— Corta o fogo no Riacho do Meio!

Era o único jeito de atalhar o incêndio para salvar o resto do partido, meter a enxada e a foice no riacho que cortava o canavial, abrindo aceiros de lado a lado.

A casa de palha do negro Damião, o fogo comeu num instante. Nem tiveram tempo de tirar os trastes. O vento soprava, sacudindo faíscas a distância. Mil línguas de fogo devoravam as canas maduras, com uma fome canina. E o vento insuflando este apetite diabólico, com um sopro que não parava. Mas os cabras do eito estavam ali para conter aquela fúria. E o meu tio Juca no meio deles. As enxadas tiniam no massapê, as foices cantavam nas touceiras de cana, abrindo os aceiros para esbarrar a carreira das chamas. E davam no fogo com galhos de mato verde, gritando como se estivessem numa batalha corpo a corpo.

Ficávamos de longe, vendo e ouvindo as manobras e o rumor do combate. Os meus olhos choravam com a fumaça, e o cheiro de mel de cana queimada recendia no ar. Descia gente das caatingas para um adjutório. E com o escurecer, o fogo era mais vermelho.

Agora as chamas subiam mais para o alto, porque o vento abrandava. Os cabras pisavam por cima das brasas, chamuscavam os cabelos, nessa luta braço a braço com um inimigo que não se rendia.

— Olha a casa de Zé Passarinho pegando fogo!

Zé Guedes correu para dentro das chamas, e voltou com

a velha Naninha, entrevada, nos braços, sacudindo-a no chão como um saco de açúcar.

— Ataca o fogo – gritava meu tio, de panavueiro na mão.

O meu tio Juca crescia para mim, neste arranco de coragem com seus cabras. Estava metido com eles no mesmo perigo e no mesmo aperreio.

Vinham chegando moradores de Maravalha e de Taipu. E eram para mais de quinhentos homens que enfrentavam o inimigo desesperado. Não passaria mais do riacho, porque todo ele estava tomado de aceiros. E gente com galhos nas mãos para esperar o avanço. O vento abandonara o aliado no campo da luta. E só se via gente de pé queimado, de cara tisnada, de olhos vermelhos, de roupas em tiras. Zé Guedes com os peitos em chaga viva. E o pretume do canavial fumaçando.

— É preciso deixar gente nos aceiros a noite toda.

No engenho, o meu avô botava jucá nos feridos. A destilação se abria para uma bicada. A boca de fogo podia fazer mal. E o eito esperava por eles de manhãzinha.

32

Estavam na limpa do partido da várzea. O eito bem pertinho do engenho. Da calçada da casa-grande viam-se no meio do canavial aquelas cabeças de chapéu de palha velho subindo e descendo, no ritmo do manejo da enxada: uns oitenta homens comandados pelo feitor José Felismino, de cacete na mão, reparando no serviço deles. Pegava com o sol das seis, até a boca da noite. Às vezes eu ficava por lá, entretido com o bate-boca dos cabras. Trabalhavam conversando, bulindo uns com os outros, os mais moços com pabulagem de mulheres. Outros bem calados, olhando para o chão, tirando a sua tarefa com a cara fechada. Assim, poucos. Os demais raspavam a junça dos partidos contando histórias e soltando ditos.

— Deixa de conversa, gente! – gritava seu José Felismino. — Bota pra diante o serviço. Com pouquinho o coronel está aqui gritando.

E a enxada tinia no barro duro, e eles espalhando com os pés o mato que ficava atrás. O sol espelhava nas costas nuas; corria suor em bica dos lombos encharcados.

Manuel Riachão puxava o eito na frente, como um baliza. Era o mais ligeiro. De cabeça enterrada, a enxada nas suas mãos raspava como uma máquina a terra que aparecesse na frente. Sempre na dianteira, deixando na bagagem os companheiros. O moleque Zé Passarinho remanchando, o último do eito. Não havia grito que animasse aquele preguiça alcoolizada. Também, ganhava dois cruzados, davam-lhe a mesma diária das mulheres na apanha do algodão.

— Tira a peia da canela, moleque safado! O diabo não anda!

E ele atrás, na maciota, com os pés roliços de bicho e o corpo rebentando em moléstias do mundo.

Paravam às dez horas, para o almoço de farinha seca com bacalhau. Comiam na marmita de flandres, lambendo os beiços como se estivessem em banquetes. E deitavam-se por debaixo dos pés de juá, esticando o corpo no repouso dos 15 minutos. De alguns, as mulheres traziam a comida num pano sujo; a carne de ceará assada, com farofa fria. Pegavam no pesado outra vez, até às seis da tarde.

O meu avô vinha olhar a canalha no trabalho forçado.

— Que está fazendo esta gente, seu José Felismino?

Oitenta pessoas, e o partido no mato? Nem eito de mulher!

Não se importavam com a gritaria do velho. Aquilo era de todos os dias, fizessem eles muito ou fizessem pouco. Só tinha boca, o coronel José Paulino. Chamava nomes a todos, descompunha-os como a malfeitores, mas não havia um ali que não estivesse com dias adiantados no livro de apontamentos.

Cachorrinhos com barriga partindo, de magros, acompanhavam seus donos para a servidão. Rondavam pelos cajueiros, perseguindo os preás. Porém não pisavam no terreiro da casa-grande. Os cachorros gordos do engenho não davam trégua aos seus infelizes irmãos da pobreza.

João Rouco vinha com três filhos para o eito. A mulher e os meninos ficavam em casa, no roçado. Com mais de setenta anos, aguentava o repuxo todo, como o filho mais novo. A boca já estava murcha, sem dentes, e os braços rijos e as pernas duras. Não havia rojão para o velho caboclo do meu avô. Não era subserviente como os outros. Respondia aos gritos do coronel José Paulino, gritando também. Talvez porque fossem da mesma idade e tivessem em pequeno brincado juntos.

— Cabra malcriado!

E quando precisava de gente boa, para um serviço pesado, lá ia um recado para João Rouco.

O velho Pinheiro não prestava para nada. Roubava como boi ladrão, vivia de enredadas no engenho. E os filhos, a mesma cambada. Quando vinha ao eito, passava o tempo se queixando de dores. Botavam-no então para serviços maneiros. Ouvia os desaforos do feitor com a cara mais limpa do mundo. E os seus vizinhos não criavam galinhas, porque ele era mesmo que raposa com fome. Também, para os cabras do eito não valia nada. João Rouco, respeitavam-no de verdade. Tratavam-no de seu João, e para ele não vinham com brincadeiras. Nós mesmos, os meninos da casa-grande, as negras da cozinha, os moleques do engenho, púnhamos o velho João Rouco numa categoria diferente.

Em tempos de emergência, o cito se avolumava com os foreiros e os lavradores. Desciam para um adjutório ao senhor de engenho. Para mais de duzentas enxadas se espalhavam pelos canaviais. Os foreiros e os lavradores, os pequeno-burgueses do engenho, desciam de suas ordens para este contato ombro a ombro com os párias. E não recebiam nada pelo dia que davam. Queriam assim fugir da indignidade do eito, trabalhando de graça. Quando havia ajuntamento destes, para nós, meninos, era um espetáculo. Levavam mel de furo, para a regalada merenda dos cabras. E à noite, o terreiro da casa-grande se enchia com um exército de esfarrapados. Bebiam cachaça nos dias de chuva, e voltavam para casa para o sono miserável da cama de varas.

O costume de ver todo dia esta gente na sua degradação me habituava com a sua desgraça. Nunca, menino, tive pena deles. Achava muito natural que vivessem dormindo em chiqueiros, comendo um nada, trabalhando como burros de carga. A minha compreensão da vida fazia-me ver nisto uma obra de Deus. Eles nasceram assim porque Deus quisera, e porque Deus quisera nós éramos brancos e mandávamos neles. Mandávamos também nos bois, nos burros, nos matos.

33

O meu avô costumava à noite, depois da ceia, conversar para a mesa toda calada. Contava histórias de parentes e de amigos, dando dos fatos os mais pitorescos detalhes.

— Isto se deu antes do cólera de 48 ou depois do cólera de 56.

Eram os sinistros marcos de suas referências. O seu grande motivo era, porém, a escravidão.

— Tio Leitão dava nos negros como em bestas de almanjarra. Tinha uma escravatura pequena: um negro só para mestre de açúcar, purgador, pé de moenda.

— O major Ursulino de Goiana fizera a casa de purgar no alto, para ver os negros subindo a ladeira com a caçamba de mel quente na cabeça. Tombavam cana com a corrente tinindo nos pés. Uma vez um negro dos Picos chegou na casa-grande do major, todo de bota e de gravata. Vinha conversar com o senhor de engenho. Subiu as escadas do sobrado oferecendo cigarros. Estava ali para prevenir das destruições que o gado do engenho fizera na cana dos Picos. Ele era o feitor de lá. O seu senhor pedira para levar este recado. O major calou-se, afrontado. Mandou comprar o negro no outro engenho. Mas o negro só tinha uma banda escrava. Pertencendo a duas pessoas numa partilha, um dos herdeiros libertara a sua parte. Então o major comprou a metade do escravo. E trouxe o atrevido para a sua bagaceira. E mandou chicoteá-lo no carro, a cipó de couro cru, somente do lado que lhe pertencia.

Esta história da banda-forra, o meu avô contava para mostrar a ruindade do velho Ursulino. Era raro o senhor de engenho de coração duro para os escravos. Os dele vestiam e comiam com fartura.

— Negro só mesmo com barriga cheia. Era verdade que havia alguns que pediam cipó de boi. Ali mesmo no Santa Rosa, uma escrava botara uma erva venenosa no caldeirão de comida da escravatura. Quase que morria tudo de dor de barriga. Tinha-se inimizado com uma crioula por causa de um negro, e queria matar o resto. Os jornais, na abolição, falavam de senhores de engenho que matavam negros de relho. Ninguém hoje mata boi de macaca. Queria-se o negro gordo para o trabalho e a revenda. Não se ia botar fora um conto nem dois de réis. Aqui comiam de estragar, e na várzea, só Ursulino botava negro na corrente. Também a escravatura dele era uma desgraça. Quem tinha o seu negro fujão vendia pro eito do Itapuá. Mandavam-se escravos para o Ursulino como hoje se bota menino na Marinha – para amansar. E a gente do Partido Liberal botou o nome em Ursulino de "barão do couro cru". Quando veio o Treze de Maio, fizeram um coco no terreiro até alta noite. Ninguém dormiu no engenho, com zabumba batendo. Levantei-me de madrugada, pra ver o gado sair para o pastoreador, e me encontrei com a negrada, de enxada no ombro: iam para o eito. E aqui ficaram comigo. Não me saiu do engenho um negro só. Para esta gente pobre a abolição não serviu de nada. Vivem hoje comendo farinha seca e trabalhando a dia. O que ganham nem dá para o bacalhau. Os meus negros enchiam a barriga com angu de milho e ceará, e não andavam nus como hoje, com os troços aparecendo. Só vim a ganhar dinheiro em açúcar com a abolição. Tudo o que fazia dantes era para comprar e vestir negros.

— Cabeça de Puque ensinava os meninos de Manuel Antônio do Bonito. Um dia desapareceu um dinheiro de ouro do velho. Botou-se logo pra cima do mestre. E judiaram com o homem de tal forma, pra descobrir o roubo, que o deixaram pra morrer. Dias depois prenderam um pedreiro em Itabaiana trocando dinheiro de ouro na feira. Então tudo ficou descoberto. O pedreiro trabalhava retelhando o sobrado do Bonito quando viu o velho Manuel Antônio botando um saquinho debaixo duma galinha choca, deitada. Era ali a burra do engenho. E por causa desta surra em Cabeça de Puque o senhor de engenho andou pelos matos até o Partido Conservador subir.

— Dom Pedro chegou no Pilar uma tarde. Ninguém esperava por ele. A casa da Câmara estava fechada. Era certo que estaria na vila no outro dia, mas o imperador só andava correndo, cansando os cavalos. Quando a cavalhada entrou na rua grande, o povo todo correu pra ver. Dom Pedro parou defronte da casa da Câmara. Vieram abrir. Tio Henrique, vereador, tremia de medo. Não havia nem uma cadeira lá dentro. Estava tudo no marceneiro se envernizando. A grande sala do júri, vazia. Dom Pedro subiu com o seu grande chapéu do chile, olhou para os cantos: não viu móveis. Sacudiu o chapéu no chão e deitou-se na rede do pedreiro que estava limpando a casa para a festa. O presidente da província mandou prender o tio Henrique pelo desastre.

Estas histórias do meu avô me prendiam a atenção de um modo bem diferente daquelas da velha Totonha. Não apelavam para a minha imaginação, para o fantástico. Não tinham a solução milagrosa das outras. Puros fatos diversos, mas que se gravavam na minha memória como incidentes que eu tivesse assistido. Era uma obra de cronista bulindo de realidade.

A história inteira da família saía nestes serões de depois da ceia. O avô do velho José Paulino viera de Pasmado, com um irmão padre, para São Miguel. Fundara ali pelas várzeas e caatingas do Paraíba uma grande prole de senhores de engenho. Espalhara sangue de branco por entre os caboclos daquelas redondezas. Por isto a gente do Taipu falava de branquidade com a boca cheia.

— Hoje em dia está tudo virando camumbembe – dizia o meu avô. — Este negócio de família já não é dote pra moça casar.

Ele tinha o orgulho da casta, a única vaidade daquele santo que plantava cana.

34

A MINHA PRIMEIRA PAIXÃO tinha sido pela bela Judite, que me ensinara as letras no seu colo. O meu coração de oito anos agora se arrebatava com mais violência. Estavam no engenho passando uns tempos umas parentas de Recife. Era uma gente que não tirava as meias da manhã à noite, falava francês uma com a outra, só conversava negócios de teatro: o tenor tal, que belo homem!, a artista fulana, que chique!

As filhas do tio João, quando chegavam no engenho, revolucionavam os hábitos pacatos da casa-grande. Só viviam trancadas nos banhos mornos, dando trabalho às negras, lendo romances nas cadeiras de balanço. Punham esteiras de piripiri por cima dos quartos delas, porque tinham medo da telha-vã: podia cair bicho de lá. Os moleques passavam o dia inteiro espantando os sapos das calçadas. Elas corriam das baratas, aos gritos. E até em nós esta influência se exercia: não tirávamos os sapatos dos pés, por causa da gente do Recife. A tia Maria desdobrava-se em cuidados, temendo a língua das parentas civilizadas. Uma delas dissera em carta para uma amiga da cidade que o povo do Santa Rosa só tinha de gente os olhos. E enchiam a casa de chiliques e de cheiros de extrato. Aos domingos iam de chapéu à missa do Pilar. E censuravam o pessoal do engenho, porque, a meia-légua da igreja, ficava em casa nos dias de obrigação.

— José Paulino é um herege, e cria essa gente daqui como bichos. O menino de Clarisse nem fez primeira comunhão.

O meu avô ouvia as primas com aquele sorriso de justo. Ele sentia-se bem amigo de Deus com o coração de bom que era o dele. A grita de suas primas devotas não lhe doía na consciência.

O Santa Rosa com as meninas do tio João parecia outro. A sala de visitas aberta o dia inteiro, as negras conversando baixo na cozinha, a tia Maria de vestido de passeio, os moleques pequenos, vestidos, sem as bimbinhas de fora. Às tardes, visitas de outros engenhos; brinquedos de prendas de noite, conversas sobre a moda e queijo do reino na mesa. Até o meu avô sem os seus gritos e palavrões para os moleques da estrada.

Para mim, a visita viera me aperrear o coração de menino. Maria Clara, mais velha do que eu, andava comigo pela horta. Menina da cidade, encontrara um bedéquer amoroso para mostrar-lhe os recantos do Santa Rosa. Queria ver tudo – o rio, os cajueiros, o cercado. Maria Clara, com aqueles seus cabelos em cachos e uns olhos grandes e redondos, me fizera esquecer o carneiro e os passeios solitários. Brincávamos juntos, comíamos juntos, que todo mundo reparava nesse pegadio constante. Ela me contava as histórias de suas viagens de mar, pintava-me o vapor, os camarotes, o tombadilho e o mar batendo no olho de vidro das vigias.

— Não havia perigo, parecia que se estava em casa. Havia mesa para os meninos e gente grande. E banho de chuvisco. Passavam-se dias só se vendo céu e mar.

Sentávamos por debaixo dos gameleiros, nestas conversas compridas. Eu também contava as minhas coisas de engenho: o fogo no partido, a cheia cobrindo tudo d'água. Exagerava-me para parecer impressionante à minha prima viajada. Ali mesmo onde estava sentada, o rio passara com mais de nado. A canoa se amarrara no gameleiro.

As nossas conversas iam longe. Maria Clara indagava por Antônio Silvino. Então me derramava em histórias. O cangaceiro se encantava em bicho. Uma tropa vinha atrás dele, e o que encontrava era um rebanho de carneiros. Uma vez matara uma onça numa luta corpo a corpo; quando não podia mais com a fera, lembrou-se do punhal: meteu o chapéu de couro no focinho da onça e enfiou-lhe a arma no coração. O couro desta onça era aquele que meu avô tinha na sala.

Procurávamos a sombra dos cajueiros para os nossos colóquios. Havia folhas secas pelo chão, como um grande tapete cinzento, que rangiam nos pés. E o cheiro gostoso da flor do caju chegava até longe.

— Vamos fazer piquenique nos cajueiros.

Levávamos merenda, pedaços de pão e queijo, que as formigas comiam. Maria Clara me olhava séria, me pegava nas mãos, perguntando o que a gente faria ali se Antônio Silvino aparecesse.

— Ele casava a gente.

E me contava cena por cena das fitas de cinema que vira, dos amores dos seus heróis prediletos e dos casamentos bonitos que faziam.

Os galos-de-campina cantavam bem perto de nós os seus números de sucesso. E os concriz pinicavam os cajus vermelhos, chiando de gozo.

— O engenho é melhor do que o Recife – me dizia Maria Clara. — Mamãe conta que morando aqui a gente vira bicho. Ela quer que eu toque piano e fale francês. Aqui é bom porque não tem aula, não tem professora.

Uma ocasião, depois que ela terminou uma fita de dois namorados deitados na relva, nos braços um do outro, eu peguei Maria Clara e beijei-a forte na boca. Corri como um doido para casa, com o coração batendo.

— Este menino fez arte. Chega estar afrontado – repararam, quando apareci na cozinha.

Escondi-me da namorada o resto da tarde. Na hora da ceia, ela estava com os seus olhos redondos e pretos, olhando para mim. A noite toda foi um sonho só com Maria Clara. Ia com ela no navio não sei por onde. E o mar batia com raiva no meu barco. Chovia que a água começava a encher o casco. Só se via mar e céu. Eu tinha medo de afundar. Maria Clara dizia que não havia perigo. E nós chegávamos nos cajueiros e ficávamos nas folhas secas, dormindo.

Um dia ela me chamou para ver uma coisa: a canalha do curral estava em amor livre, num canto da cerca. Tirei a minha namorada dali. Aquilo era porcaria para os seus olhos limpinhos. E o meu amor crescia, dilatava o meu verde coração de menino.

As meninas do tio João já estavam em despedidas. Para a semana voltariam para Recife. De engenho a engenho andavam passando dias. E chegavam presentes de toda parte: rendas da terra, colchas bordadas, panos de filé. Os bichos dos engenhos gostavam das primas assanhadas.

A viagem seria na terça-feira. Depois de amanhã não veria mais a minha companheira. Fizemos os idílios derradeiros, correndo os nossos recantos preferidos, como um casal de namorados de livro.

De manhã, o carro de boi saía com o povo para a estação. As meninas de tio João dando dinheiro às negras, a velha Generosa chorando, todos na sala em abraços e beijos. O tio Juca iria com a tia Maria à estação. Para menino não havia lugar. Maria Clara nem parecia que me queria bem, toda satisfeita, sentada no carro. Pensava que ela estivesse triste como eu. Mas qual! Alegre com a viagem, bem contente no meio do alvoroço das despedidas.

Já saíam do terreiro, ganhando a estrada. Corri para as estacas do cercado a fim de olhar ainda o carro. Trepei-me na cerca até que se sumisse a carruagem com a minha ingrata. Quando cheguei, de volta, não sei quem, na cozinha:

— Ficou sem namorada, hein?

As lágrimas chegaram-me aos olhos, e disparei num choro que não contive. Foi a graça da casa durante o dia. Na mesa contaram ao meu avô. O velho José Paulino riu-se:

— A quem puxou este menino assim namorador?

E o meu amor ficava na conversa de toda gente.

Dormi à noite, com Maria Clara junto de mim. Os sonhos de um menino apaixonado são sempre os mesmos. Acordei-me, porém, com a primeira angústia de minha vida. Os pássaros cantavam tão alegres no gameleiro, porque talvez não soubessem da minha dor. Senti nesse meu despertar de namorado um vazio doloroso no coração. Tinha perdido a minha companheira dos cajueiros. E chorei ali entre os meus lençóis lágrimas que o amor faria ainda muito correr dos meus olhos.

35

O MEU AVÔ RECEBERA uma carta sobre o meu pai. Soube disto por uma conversa dele com o tio Juca. Não sabiam que eu estava na sala de visitas olhando umas revistas velhas – e conversavam. O diretor do hospício escrevera, perguntando se o meu pai continuaria como pensionista, pois os parentes dele há meses que haviam suspendido a mesada.

— Acho que o senhor deve pagar. Afinal de contas, é seu genro!

— Foi isto mesmo o que eu fiz. Escrevi ao Lourenço para tomar conta disto todos os meses.

Foi um choque para mim essa certeza da desgraça de meu pobre pai. Sabia que estava doente, mas assim, quase na indigência, me tocou fundamente. Contei a tia Maria o que escutara da conversa. Ela não me quis dizer coisa nenhuma.

— Isto não é assunto para menino. Vá brincar lá fora.

Não achei graça em nada, nesse dia. Só pensava no meu pai amarrado num quarto, gritando.

Chegara uma vez um doido no engenho, para ser levado para o asilo. O homem olhava a gente como se quisesse comer com os olhos, e fazia um esforço desesperado para soltar os braços amarrados de corda. De noite cortavam o coração os seus gritos agoniados. Quando saiu de manhã para o trem, fui olhá-lo. Estava manso, com um sorriso de menino na boca.

— O diabo tinha saído do corpo – diziam.

O meu pai devia ser assim também. Devia estar trancado num quarto de grades, com aqueles gritos de desespero, tratado como animal perigoso.

— Eles vão para o céu – afirmavam dos doidos. — São inocentes como os anjos.

Havia, porém, doidos que o eram por influência do diabo. Metiam-se com invocações, e o demônio tomava conta do corpo.

O meu pai, sem dúvida, não seria destes. Seria inocente como os outros, e iria para o céu. E isto me consolava um bocado de sua situação. Mas os doidos começavam a tomar conta de mim de uma maneira absorvente. E comecei a ter medo de ficar doido também. No engenho todo mundo falava:

— Fulano puxou ao pai, é a cara da mãe, tem o gênio da família.

Quem sabe se eu não ficaria como meu pai? Punha-me triste com estes pensamentos sombrios.

— É porque a namorada foi-se embora.

A lembrança do homem amarrado de cordas, e com aqueles olhos de cachorro doente, machucava a minha tenra sensibilidade. Essas preocupações de doença, começadas na infância, iriam ser uma das torturas de minha adolescência.

Um médico que veio ao engenho me examinou de meu puxado. Perguntou por tudo, de que morrera minha mãe, de que sofria meu pai. Disse então que era preciso um tratamento rigoroso para o meu caso, fazer uma série de injeções. E porque não se pudesse aplicar ali no engenho o seu tratamento, passaria uns remédios internos.

Fiquei preso aos horários dos frascos de mezinhas e às dietas exageradas. O meu avô com cuidados. Ninguém brigava comigo. Certa ocasião o primo Silvino queria uma coisa que eu também desejava. Deram-me, e porque o meu primo protestasse:

— Carlinho é doente, ninguém pode fazer raiva a ele.

Isso aumentava o meu desengano, as minhas desconfianças em mim mesmo. Voltei-me para os canários e o carneiro. Eles não me falavam de doenças, não tinham medo de que eu morresse. Eram também as meditações solitárias e as conversas mudas com o meu íntimo que voltavam. Já não ia mais aos banhos de rio, brigavam quando me viam no sol, não podia ficar de noite na conversa pela senzala.

— Entra pra dentro, Carlinho.

Era o que eu ouvia de todos os lados. A minha vida ia ficando como a dos meus canários prisioneiros, enquanto os meus primos se soltavam e um magnífico verão se abria em dias de festa de sol, em noites brancas de lua cheia. Não me queriam levar para parte alguma. Os moleques tinham medo de andar comigo.

— Brigam com a gente – era como respondiam aos meus convites de passeios e brincadeiras.

Via os meus primos vermelhos de sol, chupando tudo o que era fruta, com uma amargura que me consumia. Aqueles cuidados excessivos me transtornavam. Criava uma raiva bem viva a todos os que se opunham às minhas vontades. Até para a minha tia Maria, tão meiga para mim, tão cheia de ternura para o seu filho adotivo, me voltava com rancor.

— Este menino está ficando diferente – pensava ela dos meus maus humores de contrariado.

A minha amiga acertava. Só me consentiam sair à tardinha, nos meus passeios de carneiro. Mas que não voltasse com sereno.

Eu me consolava das proibições nessas fugidas aos arredores do engenho. Os meninos dos moradores brincavam comigo sem receio, pois até lá não chegavam os zelos de minha gente. Na casa de Maria Pitu demorava-me tardes inteiras, com o carneirinho amarrado comendo folhas de cabreira, enquanto eu, solto com os camaradas, fazia tudo o que não me consentiam fazer no engenho. Eram três os meninos de Maria Pitu. E um doente, coitado, sempre sentado num caixão, e com uma cabeça enorme, pendendo. Não andava, não falava, a cabeça arriada para a frente, com o peso, olhando para o mundo com uns olhos queimados de vivacidade. Desde que nascera que era assim. A mãe tratava dele como de um bicho doméstico. Dava-lhe a comida com uma colher de pau, deixando-o esquecido dentro do caixão, no terreiro. Fazia-me horror essa criatura quase desumana. Mas os seus olhos pareciam mesmo de gente. Pretos e vivos, fitavam-me com um interesse que me perturbava. Era, sem dúvida, por se tratar de coisa estranha da casa. Não tinha nome, não fora ainda batizado. Chamavam-no de Cabeção, e ele respondia com um riso de boca mole, que fazia nojo. Às vezes ficava com medo dele, com aqueles guinchos que lhe saíam da boca. Era a fome. E davam-lhe um pedaço de brote para roer. A mãe desejava-lhe a morte em todas as conversas.

— Deus Nosso Senhor devia levar aquilo do mundo. Só dava trabalho, aquele aleijão. Seria até um alívio para o pobrezinho.

Mas ele não morria, como se estivesse muito sólido e satisfeito daquela miséria da natureza. Voltava para casa pensando nele. Ouvira dizer que o pai morrera de beber. O filho nascera assim por causa da cachaça.

Destes problemas de hereditariedade me aproximava com pavor. Também tinha um pai a quem podia puxar. E todos no engenho pensavam nisto, porque me cercavam de cautelas e precauções. E os frascos de remédio me enchiam a boca de amargo três vezes ao dia. O pai do Cabeção bebia como José Passarinho. E dera ao mundo um filho daquele.

Os meus pensamentos vinham assim de fontes envenenadas de pessimismo. Menino, e pingando em cima da minha infância este ácido corrosivo que me secava a alegria de viver. E os meus parentes ainda mais me sacrificando, em vez de me deixarem no contato inocente com os meus pequenos prazeres. O diabo daquele doutor me fechara num inferno, ali, a dois passos de um paraíso de portas abertas.

Os pensamentos ruins principiavam a fazer ninho no meu coração. Batiam asas por fora, mas vinham sempre terminar comigo, nas soluções que me davam, nos sonhos que me faziam sonhar, nos ódios a que me arrastavam. Por debaixo dos sapotizeiros, nas sombras amigas destas árvores, à espera dos canários, só pensava pensamentos maus. Criava assim dentro de mim uma pessoa que não era a minha. As reclusões forçadas, a que submetiam o menino que precisava de ar e de sol, iam perdendo mais a minha alma que salvando o meu corpo. Lembrava-me de Maria Clara com uma saudade cheia de desejos que nunca tivera. Misturava as minhas alegrias de antigamente a umas vontades perversas de posse. Os meus impulsos tinham mais anos que a minha idade. Ficava horas seguidas olhando, no curral, as vacas que mandavam de outros engenhos para reproduzirem com os zebus do meu avô, e as bestas vadias rinchando com os pais-d'égua pelo cercado. O sexo crescia em mim mais depressa do que as pernas e os braços.

A negra Luísa fizera-se de comparsa das minhas depravações antecipadas. Ao contrário das outras, que nos respeitavam seriamente, ela seria uma espécie de anjo mau da minha infância. Ia me botar pra dormir, e enquanto ficávamos sozinhos no quarto, arrastava-me a coisas ignóbeis. Eu era um menino sem contato com o catecismo. Pouco sabia de rezas. E esta ausência perigosa de religião não me levava a temer os pecados. Muito depois, esta miséria de sentimentos religiosos se refletiria em toda a minha vida, como uma desgraça. A moleca me iniciava, naquele verdor de idade, nas suas concupiscências de mulata incendiada de luxúria. Nem sei contar o que ela fazia comigo. Levava-me para os banhos da beira do rio, sujando a minha castidade de criança com os seus arrebatamentos de besta. A sombra negra do pecado se juntava aos meus desesperos de menino contrariado, para mais me isolar da alegria imensa que gritava por toda parte.

O engenho, na festa das 12 horas da moagem. O povo miserável da bagaceira compunha um poema na servidão: o mestre de açúcar pedindo fogo para a boca da fornalha, o ruído compassado das talhadeiras no mel quente espumando. E no pé da moenda:

Tomba cana, negro,
eu já tombei.
....
O engenho de Massangana
faz três anos que não mói.
Ainda ontem plantei cana,
faz três anos que não mói.

Os carros de boi gemendo nos eixos de pau-d'arco, os cambiteiros tangendo os burros com o chicote tinindo, e o "ô!" dos carreiros para os Labareda e os Medalha, mansinhos. Os moleques trepados nas mesas dos carros, aprendendo a carrear com os mestres carreiros. Tudo nessa labuta melódica do engenho moendo.

Chegavam visitas do Pilar. Os meninos do capitão José Medeiros com farda do Colégio Diocesano. Já não vinham montados em carneiros, com vergonha da montaria de outrora. Contavam-me histórias do internato. E aqueles botões dourados de uniforme me enchiam de inveja. O meu avô conversava com o padre Severino e o dr. Samuel, o juiz municipal. Tratavam dos negócios políticos da vila, das eleições próximas, e do júri de algum protegido do coronel José Paulino.

À noite, quando essa gente retornava, saíam atrás os moleques, com as latas de mel e os cabaços de caldo na cabeça. Mas tudo isso, que fazia um acontecimento, agora me parecia de longe, indiferente. Só pensava nos meus retiros lúbricos com o meu anjo mau, nas masturbações gostosas com a negra Luísa. E comecei a querer-lhe um bem esquisito. Um bem que me arrastava ao rabo de sua saia para onde ela ia. E não gostava dos negros com quem se metia em cochichos. O grande mal dos amorosos, a inquietação dos que se sentem enganados, um ciúme impertinente enfiava-se todo pelo meu coração. A negra, porém, me dizia que eu ainda tinha o cheiro de leite na boca, e dava *rendez-vous* aos cabras pelas alcovas cheirosas das fruteiras.

Era um vício absorvente o meu pegadio com a negra Luísa. O sexo impunha-me essa escravidão abominável.

36

O CASAMENTO DA TIA MARIA estava marcado para o São Pedro. Ela fora ao Recife comprar muita coisa do seu enxoval. Trouxera-me um velocípede e uma roupa bonita de marinheiro. Comprara com estes presentes a minha vontade de ir com ela também.

No engenho, os preparativos da festa tomavam conta de todas as atividades. Os pintores já tinham terminado a limpeza da casa-grande. Tudo estava cheirando ao óleo novo das portas; os marceneiros envernizavam a mobília preta da sala; recendia o ouro-banana das molduras remoçadas.

O mestre Galdino, cozinheiro, chegara da cidade para fazer o banquete. A negra Generosa ficava assim destronada de seu reino, e na cozinha não podiam mais entrar os meninos. O homem de chapéu branco e de avental preparava os fiambres, isolado de todo mundo. Parecia que a casa-grande perdera a metade de sua vida com a porta da cozinha fechada. O homem não queria conversas pelos bancos. Ninguém podia saber das coisas, por ali onde se publicavam todas as novidades do engenho. Nas cozinhas das casas-grandes vivem as brancas e as negras, nessas conversas como de iguais. As brancas deitadas, dando as cabeças para os cafunés e a cata dos piolhos. E as negras vão lhes contando as suas histórias, fazendo os seus enredos, pedindo os seus favores. Agora, para o casamento da tia Maria, o velho Galdino fechara a cozinha do Santa Rosa.

Começavam a chegar as gentes dos outros engenhos para a grande festa de São Pedro: o povo da Aurora, da Fazendinha, do Jardim, do Cambão. Os carros de boi paravam no terreiro com uma festa de abraços. Vinham meninos, vinham negras, vinha o baú com o vestido novo para o dia. Chegava gente de cavalo, gente de trem, da Paraíba e do Recife. Mandaram buscar o piano de dona Neném do seu Lula. E quando chegou, na cabeça dos cabras, lembrei-me de repente do Recife. Lá eles cantavam. Corri então para ver a cantiga dos ganhadores, regulando os passos com a toada, para não desafinar:

João Crioulo,
Maria Mulata.
João Crioulo,
Maria Mulata,
....
Ai pisa-pilão,
pilão gonguê.
Ai pisa-pilão,
pilão gonguê.

E na beira dos rios começava a matança dos porcos e dos carneiros. Fui ver os sacrifícios. Iam matar também o meu carneiro. Dar-me-iam outro, mas o Jasmim estava rebolando de gordo, bom mesmo para o talho. Os porcos gemiam na ponta da faca de Zé Guedes, e um sangue escuro corria em arco do pescoço furado.

— Menino não pode ver estas coisas. Vira assassino.

E o bicho ficava com o olho duro, olhando para a gente.

O meu pobre Jasmim iria para a faca. Estava debaixo dos marizeiros esperando a hora da morte. Comia ainda o capim do chão, numa inocência que me tocou. Não sabia de nada. Olhei para o meu companheiro como para um amigo condenado à forca. Zé Guedes com a maceta na mão pegou-o pelo cabresto. Sacudiu-lhe o cacete na cabeça, que o deixou estendido, arquejando. Amarrou o meu Jasmim pelos pés e dependurou-o de cabeça para baixo. Depois meteu-lhe a faca de ponta na garganta. Nem um gemido do pobrezinho. Calado, com o sangue correndo e os olhos abertos, bem vivos. Duas grandes lágrimas minavam naquele olhar comprido de sofrimento. E começaram a tirar o couro, com o quicé chiando e a carne branca aparecendo.

— É gordura muita.

Saí da matança com a alma doente, e teria chorado muito se não fosse o alvoroço do povo na casa grande. As negras trepadas, limpando os vidros das rótulas. As visitas em conversas pelos quartos. E a pândega dos homens pela calçada. As risadas e as histórias contadas para fazer graça. Os senhores de engenho da redondeza, de meia e chinela no pé, falavam de safras, de preço de açúcar, de bois de carro, de inverno, de plantações de cana. Na casa-grande do Santa Rosa, não havia mais cômodo para tanta gente. Armavam redes pela casa de farinha e no sobradinho do engenho. E ainda chegariam convidados no dia do casamento. O meu avô ficava em palestra com os mais velhos. Os perus de roda e os capões gordos morriam aos magotes na cozinha. Vinha um caixão de gelo e outro de frutas estrangeiras, da Paraíba. A música da polícia estaria ali no trem das dez. Pelo alpendre da casa-grande só se via gente falando. Os moleques a cavalo, em osso, levando e trazendo recados do Pilar. O vestido da noiva chegaria de tarde, do Recife. O mestre Galdino não deixava ninguém na cozinha. Os moradores que apareciam iam ficando sentados pelas pontas da calçada, escutando tudo de boca aberta. Lica da Ponte trouxera uma porção de cravos para a noiva. A velha Sinhazinha dividia com os outros o seu prestígio de dona. Todo mundo mandava nas arrumações. E havia três e quatro mesas para o almoço e para o jantar. Esperava-se o noivo com o pessoal do Gameleira no outro dia de manhã. E de manhã chegaram, esquipando na estrada. Correu todo mundo para ver chegar. E foi uma gritaria de recepção. Levaram para o quarto de cortinado, e ele também ficou de meia e chinela, na conversa dos outros. Tia Maria, nem pude falar com ela. As primas do Maravalha estavam no seu quarto preparando a noiva para a tardinha. Os craveiros da horta, limpos. Uma "bem-casada" preparava o ramo da noiva. E a hora ia chegando. O padre Severino já estava lá com o juiz. A tia Maria toda de branco, bem triste, olhando para o chão. A música da Paraíba tocava no alpendre. O noivo, contente, respondendo às pilhérias dos rapazes. O meu avô, de preto, com o seu correntão de ouro no colete, e a velha Sinhazinha ringindo, na seda do vestido comprado feito, no Recife. A casa estava cheia de gente. Era um zum-zum por toda parte. Buliam comigo:

— Vai ficar sozinho, hein? Quem vai tomar conta dele agora é a velha Sinhazinha.

Não quis ver o casamento. Corri chorando para a minha cama. Tiniam os pratos na sala de jantar. Era o banquete. O doutor Jurema fazia um discurso aos noivos. Bateram no copo quando ele se levantou. A tia Maria, enfiada. Nem olhava para ninguém. Os senhores de engenho embevecidos com o discurso do promotor. Era um elogio ao meu avô, que nem ouvia nada, pensando na filha. Depois veio a segunda, a terceira, a quarta e a quinta mesa. E o baile de arromba na sala de visitas. Quem marcava a quadrilha era o professor José Vicente, do Pilar. Os noivos sentados no sofá, no centro da sala. E o baile rolando.

Fui dormir. Minha tia Maria me beijou chorando. E de manhã, quando me acordei, ainda a música tocava para a dança. Os noivos iriam no cabriolé do seu Lula. Já estavam preparados para a partida. Maria Menina dava os seus adeuses com os olhos correndo lágrimas. Abraçava as negras, que soluçavam de pena. E me beijou, me abraçou não sei quantas vezes, enquanto eu chorava num pranto desesperado. O cabriolé saía tinindo as campainhas de seus arreios. E pela estrada molhada das chuvas de fim de junho, lá se fora a segunda mãe que eu perdia. No terreiro ainda fumaçava o resto da fogueira da noite. Depois selaram os cavalos para as visitas que se iam. Os de longe, mais cedo. Outros ficavam ainda para o almoço. Os carros de boi saíam carregados de gente.

No outro dia amanheceu chovendo, e o Santa Rosa a coisa mais triste do mundo. Tudo vazio para mim, tudo oco, sem os cuidados, os beijos e as cavilações da minha tia Maria.

37

A tia Sinhazinha me chamou para perto dela, e passou a mão pela cabeça, me agradando. Era a primeira vez que eu sentia um afago da velha.

— Você, no mês que entra, vai para o colégio.

Desde que a minha tia Maria se fora que me falavam do colégio:

— Ele não vai sentir muito, porque está se aprontando para o colégio.

E preparavam meu enxoval, faziam camisas de homem para mim, e calças compridas, e ceroulas. Tinha a mala nova cheia de roupa branca, para o internato. Comecei então a desviar as minhas lágrimas, pensando no tempo de colégio que viria. Não ia para ali com medo. Pelo contrário: vivia a desejar o dia de minha partida. Os primos tinham ido embora, e chovia todos os dias. E os dias de chuva me deixavam preso com os meus pensamentos.

O pé-d'água vinha zunindo nos cajuciros. Descia da mata numa carreira rumorosa, e roncava ao longe como trem na linha.

— Tira o feijão do sol! Empurra o balcão de açúcar!

Os moleques corriam para o terreiro coberto de ramas de mulatinho secando. A chuva chegava com pingos de furar o chão e chovia dia e noite sem parar. As primeiras chuvas do ano faziam uma festa no engenho. O tempo se armava com nuvens pesadas, fazia um calor medonho.

— Vamos ter muita água!

O meu avô ficava pelo alpendre a olhar o céu, batendo com a vara de jucá pelas calçadas. Era a sua grande alegria: a bátega d'água amolecendo o barro duro dos partidos, a enverdecer a folha amarela das canas novas.

Nas primeiras pancadas do inverno, os cabras deixavam o eito para tomar uma bicada na destilação. Vinham gritando de contentes, numa alegria estrepitosa de bichos. Mas isto somente nas primeiras chuvas. Depois aguentavam nas costas o aguaceiro, tomando o seu banho de chuvisco de 12 horas. Pela estrada passavam os cargueiros metidos em capotes, no passo moroso do cavalo. Paco, paco, paco, paco – lá iam espanando a água com os cascos. Chegavam os moradores com as calças arregaçadas, pedindo semente de algodão para o roçado. E a chuva caindo sem cessar.

Ficava a olhar os riachos descendo pelos altos e a estrada que parecia um rio de lado a lado. A casa-grande, escura como se fosse a boca da noite. Acendiam os candeeiros mais cedo. E a cozinha melada de lama, da gente de pés no chão que entrava por lá. José Felismino chegava de noite, respondendo às perguntas de meu avô:

— A terra molhou mais de um palmo. Tirou-se quatro cinquentas na planta do roçado. Acabou-se o partido de baixo. O inverno deste ano vai ser pesado. O Crumataú já desceu com muita água. Invernão.

Os dias ficavam compridos. Não se tinha por onde ir. Eu dava para olhar a chuva, que era a mesma coisa sempre, engrossando e afinando numa intermitência monótona e impertinente.

À tardinha os cabras do eito chegavam, pingando da cabeça aos pés. Vinham com as canelas meladas de lama e as mãos enregeladas de frio. O chapéu de palha pesado de água, gotejando. Mas indiferentes ao tempo. Parecia que estavam debaixo de bons capotes de lã. Levavam bacalhau para a mulher e os filhos, e iam dormir satisfeitos, como se os esperasse o quente gostoso de uma cama de rico. Dentro da casa deles, a chuva de vento amolecia o chão de barro, fazendo riachos da sala à cozinha. Mas os sacos de farinha do reino eram os edredões das suas camas de marmeleiro, onde se encolhiam para sonhar e fazer os filhos, bem satisfeitos. Iam com a chuva nas costas para o serviço e voltavam com a chuva nas costas para a casa. Curavam as doenças com a água fria do céu. Com pouco mais, porém, teriam o milho-verde e o macaça maduro para a fartura da barriga cheia.

Estes dias de chuva, agora que a minha tia se fora, me faziam mais triste, mais íntimo comigo mesmo. Acordava de manhã com a chuva correndo na goteira e nem um sinal de pássaro no gameleiro. Estirava-me na cama, pensando na vida. Todos me diziam que eu era um atrasado. Com 12 anos sem saber nada. Havia meninos da minha idade fazendo contas e sabendo as operações. Só mesmo no colégio. Sabia ruindades, puxara demais pelo meu sexo, era um menino prodígio da porcaria. E ali, sozinho, no quarto, os pensamentos maus me conduziam às gostosas masturbações. A negra Luísa me deixara, andava de barriga empinada, com as dificuldades e os medos da primeira cria. Estava prenha e não sabia de quem. Diziam que era de todos os cambiteiros do Santa Rosa.

Olhava muito para um são Luís Gonzaga que a minha tia Maria deixara na parede do quarto. Tinha vergonha dos meus pecados na frente do santo rapaz. Arrependia-me sinceramente daquelas minhas lubricidades de pequena besta assanhada. E no outro dia, enquanto a chuva derramava-se lá por fora, voltavam-me outra vez os pensamentos de diabo. Sujava os olhos do santo com os meus atos imundos de sem-vergonha.

Num dia a chuva parava, e o sol, vingando-se das nuvens escuras que lhe taparam o rosto pegando fogo, brilhava em cima dos matos, como nunca. As tanajuras aproveitavam a trégua para uma passeata por toda parte. Zuniam no pé do ouvido da gente e depois iam arrastar a bunda gorda pelo chão. Mané Firmino comia, torradas, com farinha seca, as tanajuras que pegava.

— Era melhor do que galinha – dizia ele.

Estes dias de estiagem acabavam com o mofo da umidade. Botavam feijão de rama para secar no terreiro. E abriam os baús de roupas pelas calçadas. Ia ver o milho novo apontando no roçado e os bezerrinhos nascidos saltando às doidas pelo curral. As mães ficavam bravas nos primeiros dias do parto, enganjentas dos filhos que tinham. Um sol criador ajudava a terra nos seus trabalhos de mãe. E, se demorasse, as lagartas caíam em cima das folhas das plantações, deixando rente com o chão. Pedia-se então uma pancada d'água de alagar. E começava a chover: os pés de milho crescendo, a cana acamando na várzea, o gado gordo e as vacas parindo.

38

O ENGENHO ESTAVA MOENDO quando se ouviu um rumor de pancada na boca da fornalha. Eram dois cabras brigando de cacete e faca de ponta: Mané Salvino e o negro José Gonçalo. O de arma na mão avançava para o que sacudia o cacete pequeno, que chega tinia na cabeça de escapole do outro. O engenho todo correu para ver a briga. Os cabras não atendiam aos gritos do velho José Paulino.

— Deixem os negros se estragar.

Já estavam na bagaceira grudados como cachorros, num vaivém de pancadas e de golpes. Nisto o negro Gonçalo deu um grito e tombou para um lado com a mão na barriga. E Mané Salvino em disparada pelo cercado.

— Pega o cabra! Pega o cabra!

Corria gente de todos os lados atrás do assassino. Mestre Fausto sacudiu um tijolo e ele caiu de bruços por cima da cerca de arame.

Já estava amarrado de corda. E o outro estendido com as duas facadas mortais. Pedia água olhando para a gente com um olho amortecido. E nem dava um gemido:

— Quero água, quero água! – com uma fala rouca de tísico, arrastando a voz como um bêbado.

— Leve o homem para o sobradinho.

Mas quando pegaram nele, os braços caíram bambos. Estava nas últimas.

— Moleque bom, ordeiro – diziam do ofendido.

Mais tarde chegavam a mulher e os filhos num berreiro doloroso. Era um choro alto e pungente, o da negra e dos moleques pequenos. Cinco filhos miúdos e um de peito ainda.

Botaram o defunto na rede. Ia para o corpo de delito no

Pilar. A família saiu atrás, enchendo aquela boa tranquilidade rural de uns lamentos de canto fúnebre.

O outro estava na casa de bagaço, apanhando:

— Valei-me, minha Nossa Senhora! Valei-me, minha Nossa Senhora!

E o cipó de boi roncando nas costas – lápote! lápote! E o grito de misericórdia do negro no chicote.

— Vá dizer ao seu Juca que eu não quero isto aqui. Mande o cabra pra vila. Entregue à justiça. Lá, façam dele o que quiserem; aqui, não. Estas surras não adiantam nada.

O cabra vinha com a cabeça lascada, gotejando. A camisa toda suja de sangue, com as cordas amarrando os braços. Não olhava para ninguém.

— Diabo malvado!

— O negro me afrontou, seu coronel.

Quando saiu para o Pilar, foi com um bando atrás. Muitos já estavam do lado dele.

— Cadeia se fez foi pra homem.

A mulher e os filhos choravam também, pedindo proteção ao senhor de engenho.

O defunto deixara as tábuas do sobradinho encardidas de sangue. Rasparam com bucha no outro dia, mas a mancha ficou. Sangue de gente não larga. Sempre que estávamos pelo engenho, não pisávamos por cima daquilo, com medo. Espalhavam que enquanto aquele sangue não se sumisse o defunto ficaria aparecendo por ali. Havia gente que vira o negro deitado pelos picadeiros. E as visagens começavam a aparecer. Uns tinham encontrado o engenho moendo no seco. Outros, carros de boi andando sem sair do lugar. E o negro Gonçalo tombando cana. Estas histórias chegavam na cozinha, onde ninguém duvidava. O pé de marizeiro andava de um lado para outro do rio. E todo dia havia um sonho de botija para contar. Não se falava mais de lobisomem. As almas do outro mundo tomavam conta do medo do povo do Santa Rosa.

39

Tinha uns 12 anos quando conheci uma mulher, como homem. Andava atrás dela, beirando a sua tapera de palha, numa ânsia misturada de medo e de vergonha. Zefa Cajá era a grande mundana dos cabras do eito. Não me queria.

— Vá se criar, menino enxerido.

Mas eu ficava por perto, conversando com ela, olhando para a mulata com vontade mesmo de fazer coisa ruim. Ficou comigo uma porção de vezes. Levava as coisas do engenho para ela – pedaços de carne, queijo roubado do armário; dava-lhe o dinheiro que o meu avô deixava por cima das mesas. Ela me acariciava com uma voracidade animal de amor: dizia que eu tinha gosto de leite na boca e me queria comer como uma fruta de vez. Andava magro.

— Este menino está com vício.

Era mesmo um vício visguento aquele dos afagos de Zefa Cajá. Saía do café para a casa dela, ia depois do almoço e depois do jantar. Foram dizer ao meu avô:

— O menino não sai da casa da rapariga.

O velho José Paulino então passou-me uns gritos:

— Se não fosse pra semana pro colégio dava-lhe uma surra.

Mas não fez o barulho que eu esperava. Para estas coisas o velho olhava por cima. A sua vida também fora cheia de irregularidades dessa natureza. Quando brigou com o tio Juca por causa da mulata Maria Pia, ouvi a negra Generosa dizendo na cozinha:

— Quem fala! Quando era mais moço, parecia um pai-d'égua atrás das negras. O seu Juca teve a quem puxar.

Mas eu tinha que pagar o meu tributo antecipado ao amor. Apanhei doença do mundo. Escondi muitos dias do povo da casa-grande. Ensinaram-me remédios que eu tomava em segredo na beira do rio. Dormia no sereno a goma com açúcar para os meus males. Não melhorava, tinha medo de urinar com as dores medonhas. E por fim souberam na casa-grande. Foi um escândalo:

— Daquele tamanho, e com gálico!

Botaram Zefa Cajá na cadeia, e eu, desconfiado, com vergonha de olhar o povo. Fiquei um caso de todos os comentários, de risadas. O meu tio Juca tomou conta do tratamento. Onde eu chegava, lá vinham com indiretas:

— Menino danado!

E comecei a envaidecer-me com a minha doença. Abria as pernas, exagerando-me no andar. Era uma glória para mim essa carga de bacilos que o amor deixara pelo meu corpo imberbe. Mostravam-me às visitas masculinas como um espécime de virilidade adiantada. Os senhores de engenho tomavam deboche de mim, dando-me confiança nas suas conversas. Perguntavam pela Zefa Cajá, chamavam-na de professora.

— Puxou ao avô!

E riam-se, como se fosse uma coisa inocente este libertino de 12 anos.

O moleque Ricardo pegara na mesma fonte a sua doença de homem. Estava entrevado na rede, sem dar um passo. Eu tinha medo de ficar como ele. E me precavia de tudo, prendendo-me aos remédios, em escravidão. O meu companheiro pagara mais caro de que eu o seu imposto de masculinidade. Curava-se com os remédios de casa: as garrafas de raiz de mato com aguardente de cana.

— A minha foi pior do que a sua: é de cabresto.

Parecia um orgulho da ruindade de cada um. O tio Juca não dava tréguas. Levava-me aos banhos para o tratamento rigoroso de seringa. Bebia refresco de pega-pinto em jejum, chá de urinana de manhã à noite. E os diuréticos me faziam vergonha:

— Mijou na cama!

E era um debique de todo mundo.

— Isto é lá homem! – dizia o velho José Paulino, quando soube da minha fraqueza.

A negra França lavava os panos da minha doença. Batia no rio as minhas imundícies purgadas.

Com um mês mais, já estaria em ponto de ir para o colégio. A doença do mundo me operara uma transformação. Via-me mais alguma coisa que um menino; e mesmo já me olhavam diferente. Já não tinham para mim as condescendências que se reservam às crianças. As negras faziam-me de homem. Não paravam as conversas quando eu chegava. Enxeriam-se. Procurava as lavadeiras de roupa pela beira do rio. Ficavam quase nuas, batendo os panos nas pedras. Tomava banho despido junto delas, olhando as suas partes relaxadamente descobertas.

— Sai daí, menino safado!

Mas riam-se, gostando da curiosidade.

Agora o engenho oferecia-me o amor por toda a parte: na senzala, na beira do rio, nas casas de palha. Os moleques levavam-me para as visitas por debaixo dos matos, esperando a vez de cada um. Na casa-grande os homens achavam graça de tanta libertinagem.

— Menino vadio! Só pai de chiqueiro!

Eu ficava a pensar na tia Maria, se ela soubesse de tudo aquilo. Longe de mim, parecia um vulto de uma outra vida, a minha tia. Era um outro o menino que ela criara com tanto dengue. O sexo vestira calças compridas no seu Carlinhos. E o coração de um menino depravado só batia ao compasso de suas depravações. Estava até esquecendo a doce ternura de minha segunda mãe. Corria os campos como um cachorro no cio, esfregando a minha lubricidade por todos os cantos. Os moradores se queixavam:

— Ninguém pode deixar as meninas em casa com o seu Carlinho.

João Rouco deu-me uma carreira por causa do filho pequeno, que eu quis pegar.

Em junho iria para o colégio. Estava marcado o dia de minha partida.

— Lá ele endireita.

Recorriam ao colégio como a uma casa de correção. Abandonavam-se em desleixos para com os filhos, pensando corrigi-los no castigo dos internatos. E não se importavam com a infância, com os anos mais perigosos da vida. Em junho estaria no meu sanatório. Ia entregar aos padres e aos mestres uma alma onde a luxúria cavara galerias perigosas. Perdera a inocência, perdera a grande felicidade de olhar o mundo como um brinquedo maior que os outros. Olhava o mundo através dos meus desejos e da minha carne. Tinha sentidos que desejavam as botas do Polegar para as suas viagens.

40

No dia seguinte tomaria o trem para o colégio. O meu tio Juca me levaria para os padres, deixando carta branca a meu respeito.

Acordei com os pássaros cantando no gameleiro. Tocavam dobrados ao meu bota-fora. E uma saudade antecipada do engenho me pegou em cima da cama. Vieram-me acordar. Há tempo que estava de olhos abertos na companhia de meus pensamentos. Uma outra vida ia começar para mim.

— Colégio amansa menino!

Em mim havia muita coisa precisando de freios e de chibata. As negras diziam que eu tinha o mal dentro. A tia Sinhazinha falava dos meus atrasos. Os homens riam-se das intemperanças dos meus 12 anos.

— Menino safado, menino atrasado, menino vadio!

O meu puxado entrava e saía sem ninguém dar por ele. Ia ficando bom com a idade. E nada de Deus por dentro de mim. Era indiferente aos castigos do céu. Os lobisomens faziam-me mais medo. A minha religião não conhecia os pecados e as penitências. O pavor do inferno eu confundia com os castigos dos contos de Trancoso. Tudo entrava por uma perna de pinto e saía por uma perna de pato. Ia para a cama sem um pelo-sinal e acordava sem uma ave-maria. O meu são Luís Gonzaga devia olhar com nojo para o seu irmão afundado na lama.

Agora o colégio iria consertar o desmantelo desta alma descida demais para a terra. Iriam podar os galhos de uma árvore, para que os seus brotos crescessem para cima.

— Quando voltar do colégio, vem outro, nem parece o mesmo.

Todo mundo acreditava nisto. Este outro, de que tanto falavam, seria o sonho da minha mãe. O Carlinhos que ela desejava ter como filho. Esta lembrança me animava para a vida nova.

— Vá se vestir.

A minha mala seguira na cabeça do Zé Guedes para a estação. Iríamos depois a cavalo. E nesta viagem, beirando os partidos de cana, passando pela porta dos moradores, a minha saudade se demorava por toda parte.

— O seu Carlinho vai pro colégio.

E vinham os moleques olhar para mim. O tio Juca na frente, e eu ronceiro, sentindo em cada passo do coringa o engenho que se ficava para trás.

Na porta de Zefa Cajá só se viam uns panos estendidos no sol. A casa de portas fechadas, e mulheres de pano na cabeça, no roçado de perto. Um sol de nove horas enxugava a terra ensopada da chuva da noite. A enxada limpava o mato bonzinho de cortar. Os pés do povo deixavam o seu tamanho no barro mole da estrada. Lá vinha um moleque com uma carga de milho, com a folha verde arrastando no chão. Ia para a canjica e as pamonhas da negra Generosa.

O engenho dava-me assim as suas despedidas, como os namorados, fazendo os derradeiros agrados.

Na estação estava o povo de Angico esperando o trem.

— Vai pro colégio, já estava em tempo.

As mulheres me achavam parecido com a Clarisse. Os homens conversavam com o tio Juca. Já sabiam da minha doença, e me chamavam para as perguntas inconvenientes.

O trem pedira licença de Itabaiana, partira do Pilar. A gente o via se enroscando na curva do Engenho Novo. Depois, sumindo no corte, roncava perto. O poste de sinal caía. E chegava, apertando os passos, na plataforma.

— Fique deste lado para ver o pessoal do engenho.

E o trem saiu, correndo por entre os canaviais e os roçados de algodão do meu avô.

Chegava gente na porta para ver o horário em disparada. O povo da Lagoa Preta no alpendre, olhando. O homem do correio sacudia a correspondência na porta. E o trem entrava pelos cortes e saía nos aterros da várzea, separando a água das lagoas improvisadas no inverno.

Longe via o bueiro comprido do Oiteiro e o corta-vento trepado no sobrado. O gado pastava pela beira da linha.

— Zebu bonito!

Os bois levantavam a cabeça da rama gostosa para ver também o trem correndo. Com pouco mais apitou na rampa do Caboclo. Lá estava o Santa Rosa com o bueiro branco e a casa-grande rodeada de pilares. Os moleques estavam na beira da linha para me ver passar.

— Adeus, adeus, adeus! – com as mãos para mim.

E eu com o lenço, sacudindo. Os olhos se encheram de lágrimas. Cortava-me a alma a saudade do meu engenho.

E o trem corria para o Entroncamento. Vinha Santana, Maraú no alto, Maçangana com o coronel Trombone na porta. A máquina tomava água. O trem de Guarabira chegava, mais curto que o nosso. Apareciam passageiros de guarda-pó para conversar com os outros do nosso carro.

Todo esse movimento me vencia a saudade dos meus campos, dos meus pastos. Queriam me endireitar, fazer de mim um homem instruído. Quando saí de casa, o velho José Paulino me disse:

— Não vá perder o seu tempo. Estude, que não se arrepende.

Eu não sabia nada. Levava para o colégio um corpo sacudido pelas paixões de homem feito e uma alma mais velha do que o meu corpo. Aquele Sérgio, de Raul Pompeia, entrava no internato de cabelos grandes e com uma alma de anjo cheirando a virgindade. Eu não: era sabendo de tudo, era adiantado nos anos, que ia atravessar as portas do meu colégio.

Menino perdido, menino de engenho.

Cronologia

1901

A 3 de junho nasce no engenho Corredor, propriedade de seu avô materno, em Pilar, Paraíba. Filho de João do Rego Cavalcanti e Amélia Lins Cavalcanti.

1902

Falecimento de sua mãe, nove meses após seu nascimento. Com o afastamento do pai, passa a viver sob os cuidados de sua tia Maria Lins.

1904

Visita o Recife pela primeira vez, ficando na companhia de seus primos e de seu tio João Lins.

1909

É matriculado no Internato Nossa Senhora do Carmo, em Itabaiana, Paraíba.

1912

Muda-se para a capital paraibana, ingressando no Colégio Diocesano Pio X, administrado pelos irmãos maristas.

1915

Muda-se para o Recife, passando pelo Instituto Carneiro Leão e pelo Colégio Osvaldo Cruz. Conclui o secundário no Ginásio Pernambucano, prestigioso estabelecimento escolar recifense, que teve em seu corpo de alunos outros escritores de primeira cepa como Ariano Suassuna, Clarice Lispector e Joaquim Cardozo.

1916

Lê o romance *O Ateneu*, de Raul Pompeia, livro que o marcaria imensamente.

1918

Aos 17 anos, lê *Dom Casmurro*, de Machado de Assis, escritor por quem devotaria grande admiração.

1919

Inicia colaboração para o *Diário do Estado da Paraíba*. Matricula-se na Faculdade de Direito do Recife. Neste período de estudante na capital pernambucana, conhece e torna-se amigo de escritores de destaque como José Américo de Almeida, Osório Borba, Luís Delgado e Aníbal Fernandes.

1922

Funda, no Recife, o semanário *Dom Casmurro*.

1923

Conhece o sociólogo Gilberto Freyre, que havia regressado ao Brasil e com quem travaria uma fraterna amizade ao longo de sua vida.
Publica crônicas no *Jornal do Recife*.
Conclui o curso de Direito.

1924

Casa-se com Filomena Massa, com quem tem três filhas: Maria Elizabeth, Maria da Glória e Maria Christina.

1925

É nomeado promotor público em Manhuaçu, pequeno município situado na Zona da Mata Mineira. Não permanece muito tempo no cargo e na cidade.

1926

Estabelece-se em Maceió, Alagoas, onde passa a trabalhar como fiscal de bancos. Neste período, trava contato com escritores importantes como Aurélio Buarque de Holanda, Graciliano Ramos, Jorge de Lima, Rachel de Queiroz e Valdemar Cavalcanti.

1928

Como correspondente de Alagoas, inicia colaboração para o jornal *A Província* numa nova fase do jornal pernambucano, dirigido então por Gilberto Freyre.

1932

Publica *Menino de engenho* pela Andersen Editores. O livro recebe avaliações elogiosas de críticos, dentre eles João Ribeiro. Em 1965, o romance ganharia uma adaptação para o cinema, produzida por Glauber Rocha e dirigida por Walter Lima Júnior.

1933

Publica *Doidinho*.

A Fundação Graça Aranha concede prêmio ao autor pela publicação de *Menino de engenho*.

1934

Publica *Banguê* pela Livraria José Olympio Editora que, a partir de então, passa a ser a casa a editar a maioria de seus livros.

Toma parte no Congresso Afro-brasileiro realizado em novembro no Recife, organizado por Gilberto Freyre.

1935

Publica *O moleque Ricardo*.

Muda-se para o Rio de Janeiro, após ser nomeado para o cargo de fiscal do imposto de consumo.

1936

Publica *Usina*.

Sai o livro infantil *Histórias da velha Totônia*, com ilustrações do pintor paraibano Tomás Santa Rosa, artista que seria responsável pela capa de vários de seus livros publicados pela José Olympio. O livro é dedicado às três filhas do escritor.

1937

Publica *Pureza*.

1938

Publica *Pedra Bonita*.

1939

Publica *Riacho Doce*.
Torna-se sócio do Clube de Regatas Flamengo, agremiação cujo time de futebol acompanharia com ardorosa paixão.

1940

Inicia colaboração no Suplemento Letras e Artes do jornal *A Manhã*, caderno dirigido à época por Cassiano Ricardo.
A Livraria José Olympio Editora publica o livro *A vida de Eleonora Duse*, de E. A. Rheinhardt, traduzido pelo escritor.

1941

Publica *Água-mãe*, seu primeiro romance a não ter o Nordeste como pano de fundo, tendo como cenário Cabo Frio, cidade litorânea do Rio de Janeiro. O livro é premiado no mesmo ano pela Sociedade Felipe de Oliveira.

1942

Publica *Gordos e magros*, antologia de ensaios e artigos, pela Casa do Estudante do Brasil.

1943

Em fevereiro, é publicado *Fogo morto*, livro que seria apontado por muitos como seu melhor romance, com prefácio de Otto Maria Carpeaux.

Inicia colaboração diária para o jornal *O Globo* e para *O Jornal*, de Assis Chateaubriand. Para este periódico, concentra-se na escrita da série de crônicas "Homens, seres e coisas", muitas das quais seriam publicadas em livro de mesmo título, em 1952.
Elege-se secretário-geral da Confederação Brasileira de Desportos (CBD).

1944

Parte em viagem ao exterior, integrando missão cultural no Ministério das Relações Exteriores do Brasil, visitando o Uruguai e a Argentina.

1945

Inicia colaboração para o *Jornal dos Sports*.
Publica o livro *Poesia e vida*, reunindo crônicas e ensaios.

1946

A Casa do Estudante do Brasil publica *Conferências no Prata: tendências do romance brasileiro, Raul Pompeia e Machado de Assis*.

1947

Publica *Eurídice*, pelo qual recebe o prêmio Fábio Prado, concedido pela União Brasileira de Escritores.

1950

A convite do governo francês, viaja a Paris.

Assume interinamente a presidência da Confederação Brasileira de Desportos (CBD).

1951

Nova viagem à Europa, integrando a delegação de futebol do Flamengo, cujo time disputa partidas na Suécia, Dinamarca, França e Portugal.

1952

Pela editora do jornal *A Noite* publica *Bota de sete léguas*, livro de viagens.

Na revista *O Cruzeiro*, publica semanalmente capítulos de um folhetim intitulado *Cangaceiros*, os quais acabam integrando um livro de mesmo nome, publicado no ano seguinte, com ilustrações de Candido Portinari.

1953

Na França, sai a tradução de *Menino de engenho* (*L'enfant de la plantation*), com prefácio de Blaise Cendrars.

1954

Publica o livro de ensaios *A casa e o homem*.

1955

Publica *Roteiro de Israel*, livro de crônicas feitas por ocasião de sua viagem ao Oriente Médio para o jornal *O Globo*.

Candidata-se a uma vaga na Academia Brasileira de Letras e vence a eleição destinada à sucessão de Ataulfo de Paiva, ocorrida em 15 de setembro.

1956

Publica *Meus verdes anos*, livro de memórias.
Em 15 de dezembro, toma posse na Academia Brasileira de Letras, passando a ocupar a cadeira nº 25. É recebido pelo acadêmico Austregésilo de Athayde.

1957

Publica *Gregos e troianos*, livro que reúne suas impressões sobre viagens que fez à Grécia e outras nações europeias.
Falece em 12 de setembro no Rio de Janeiro, vítima de hepatopatia. É sepultado no mausoléu da Academia Brasileira de Letras, no cemitério São João Batista, situado na capital carioca.

Conheça outras obras de José Lins do Rego

Água-mãe
Banguê
Cangaceiros
Doidinho
Eurídice
Fogo morto
*Histórias da velha Totônia**
José Lins do Rego crônicas para jovens
*O macaco mágico**
Melhores crônicas José Lins do Rego
Meus verdes anos
O moleque Ricardo
Pedra Bonita
*O príncipe pequeno**
Pureza
Riacho Doce
*O sargento verde**
Usina

*Prelo